春潮NOV+

回到分歧的路口

辽京

《倾听》

春潮 2022年11月

即使ta想要表达，ta是会被倾听，

还是会被消解？

13个故事，关于逃离与回望、孤独与错位、丧失与选择。辽京擅于描摹中国城市里人的无奈、挣扎和奔突，能精准洞察当代生活表象下的各种真相。《咣吸》《倾听》延续《新婚之夜》里对当代城市女性生活状态和精神状态的关注，《娃娃》《门外》则聚焦中年危机带来的生活风暴，《有人跳舞》《无处可往》在衰老和死亡中凝视生命……

郭沛文

《刹那》

春潮 2022年9月

剖解一个人的暴烈与温柔，

照出善恶之间的惆怅。

城乡迁徙，世纪跨越，罪人眼中见到什么？2014年秋，橘子洲尾的沙滩公园正在举办人气沸腾的音乐节。夜幕降下，严密的安保区域内，一具尸体出现得不可思议。岳麓公安分局刑侦大队迅速理清线索，次日清晨将疑犯抓捕。

他是谁？怎么做到的？原因为何？证据明摆在眼前，疑犯的沉默却让案件变成故障钟表，齿轮无法咬合，只能不停将时间往回拨。

Author	Title
Shao Dong	*Air Guitar*

空气吉他

邵栋 著

中信出版集团 | 北京

图书在版编目（CIP）数据

空气吉他 / 邵栋著. -- 北京 : 中信出版社,
2022.8

ISBN 978-7-5217-4401-9

Ⅰ. ①空… Ⅱ. ①邵… Ⅲ. ①短篇小说－小说集－中国－当代 Ⅳ. ①I247.7

中国版本图书馆CIP数据核字(2022)第078530号

空气吉他

著　　者：邵　栋
出版发行：中信出版集团股份有限公司
（北京市朝阳区惠新东街甲4号富盛大厦2座　邮编　100029）
承 印 者：天津丰富彩艺印刷有限公司

开　　本：787mm×1092mm　1/32　　印　　张：8.5　　字　　数：160千字
版　　次：2022年8月第1版　　印　　次：2022年8月第1次印刷
书　　号：ISBN 978-7-5217-4401-9
定　　价：59.80元

服务热线：400-600-8099
投稿邮箱：author@citicpub.com

代序

论邵栋短篇小说的叙事与言情

一

人是感情的动物，每个人内心深处不免隐藏一些美好的经历或是悲哀的创伤，这些零碎的印记一旦凝聚合拢，每每能演化成一个个动人心弦的故事，引起共鸣！邵栋是一位擅于讲故事的作者，他的小说，以情节铺排及感情描写最为触目。他虽然创作不多，但都是经过精心提炼，以主角的言行编织情节，同时也借情节反映角色的心态意识，相辅相成，呈现主题。《江南商场》中有以下一段话：

> 人的记忆啊就像抽屉，其实一直在那儿，并没有消失，你想不起什么事，不过是找不到钥匙，或者插错了孔而已。关键是钥匙。

邵栋的小说，也像一把把钥匙，打开一些人内心隐闭的记忆抽屉，当中可能有属于你或我相类的经验及见闻。

二

细阅邵栋的小说情节，便能见到他悉心建构的叙事形式。《鹦鹉》就如一篇侦探文案。一桩涉及间谍凶杀、女同性恋的事件，内情曲折，却被凶杀现场的一只学舌鹦鹉戳破，而一段尔虞我诈的姐妹孽缘也因此解脱。

《泊凫》和《钻石山》纪实又充满悬念。前者写到年轻邮务职员因一封收件人的名字与自己离家的母亲相同的信函而引起好奇，窃看信件，结果触动自我的病态行为和心理，差点儿泥足深陷，同时也揭示了父子两代人的亲情与隐衷。后者则以一枚结婚假钻戒，叙说了丈夫对意外身亡的爱妻的歉疚及难以弥补的遗憾。两篇故事娓娓道来，都让人感到事情既离奇又有点唏嘘无奈！

《涛涛的夏天》以年轻学徒家里的一台老式飞天牌冰箱，牵引出普罗大众的现实生活状态和社会现象。居住问题、劳工待遇，以至年轻人的时尚、物质追求等都有所着墨，例如篇中提到：

> 这里的人什么都要用新的，手机一年要换一次，坏了的东西就直接变成了垃圾。

而篇末借小卖店老爷爷依靠陈年的飞天牌冰箱赚钱过活的情节，隐含着踏实的、不贪新忘旧的人生体会。

《江南商场》全篇虚实相间，叙事写人均富有传奇色彩。

当中叙事者蒋山忆述自己与小学同学徐波在江南商场打游戏机的往事，绘影绘声，反衬记忆中模糊的太奶奶形象，更突显病榻中叙事者对年少时那段放纵经历及“战友”情义的深刻难忘。江南商场的游戏厅，不仅埋藏着叙事者一段青葱岁月，也是属于那一代年轻人的狂热象征。故事有意以叙事者和母亲对徐波的不一样的印象，增强人物的传奇色彩，同时也为叙事者病中思忆加添疑幻似真的效果。

邵栋小说叙事的形态，纪实之中掺杂引人入胜的元素，曲折、悬疑、虚拟、戏剧偶然性、传奇色彩等铺写技巧，都令作品的可读性大大提高，显示出作者叙事的能力！也许作者专门研究清末民初的侦探文本、影戏小说，以及熟读唐宋传奇和现代小说等经验，都对他的创作起着潜移默化的作用吧。

三

故事由情节组成，而情节之间如何紧凑地一环扣一环，吸引读者看下去，更是创作者有意追求的窍门。邵栋于每篇小说均设置了贯穿情节的关键元素，如《钻石山》的结婚钻戒／猫、《涛涛的夏天》的飞天牌旧冰箱、《泊凫》的信件、《鹦鹉》的鹦鹉，以及《江南商场》的游戏厅。这些东西或场地，是故事生成及发展的钥匙：亡妻的失踪结婚钻戒及宠物爱猫，勾起潘先生隐藏多年的对妻子的愧疚，千方百计想弥补过错、求取心安，可惜妻子的宠猫突然回家，并抗拒潘先生定造的骨灰新钻戒，让他感到自己对妻子的欺瞒实在难以补偿；飞天牌旧冰箱带给主角涛涛一番生活新体验和启悟；与离家出走的母亲吴美真同名的收信人的书信，则刺激起家贤潜藏的耻辱和报复心理，同时也泄露了父亲一段婚姻的伤痛；《鹦鹉》中的鹦鹉是事情真相的现场目击者，它学舌的本领让整件扑朔迷离的间谍凶案，以及同性恋人情变的底蕴无意中被戳破；至于《江南商场》内的游戏厅，是青少年的竞技战场，那里是英雄地又是堕落陷阱，由是孕育出传奇人物徐波及叙事者难以忘怀的荒唐日子。

这些关键物或场域，起着黏连情节的功能，或贯通全篇，或具有暗示、悬念、呼应等不同作用。设置恰如其分，甚至能加强故事的戏剧性效果。

四

以上五篇小说显然是以叙事为主，因事写人，又以人物的言行推动情节发展。角色的外貌形象并不是着墨所在，反而注重人物的内在感受或情绪变化，如何因应现实环境而产生起伏，换言之，叙事之中掺和着人物微妙的思绪及心理颤动。这种内外对应、表里相生的叙述方法，成了小说的基本范式。就以人物的举动为例，如叙述家贤看到收信人为吴美真的邮件时：

当他因为眼前的字迹而开始小心地将封胶撕开的时候，他自己都被自己吓到了。然而也是此时，他在巨大的罪恶感折磨之下竟涌出丝丝复仇的快感，家贤在当时还无以名状。“吴美真”三个字一撇一捺，像飞蝇一样跃出纸张，在他跳动的心口停留。他拆开了信封，草草看完，发现这是一封挽回分手的情信。他把信纸捏在手里，突然感到无来由的荒诞，于是他四下张望着，迅速将信纸重新装回信封，用镇纸压平，重新用胶水封好，插入一堆信封中。远处的同事们都在各行各事，他坐定，长吁一口气，继而缓慢地紧了紧领口，不时四下观察他们脸上是否划过任何异样的表情。

家贤偷窥信件时的惶恐、紧张、刺激、放松等复杂情绪变化，都透过他拆信到重新封妥、把信放好的叙述展示。又如《涛涛的夏天》的主角想跑上天台乘凉睡觉，可是：

他抱着席子上了天台，准备像小时候纳凉那样露天睡下，盼望夜风能缓解这一身的闷热。然而当他打开天台的门，人就愣在了那里。四围亮若白昼的高楼像棕榈树那样高高站着，一亮一暗地变换着光彩，涛涛眼见及此，觉得先自矮了几分。而眼前横七竖八的晾衣竿上花色的女人内衣，在微微的夜风里，正嘲弄地飘动着，涛涛的心也跟着一动一动的，都快要跳到喉结那儿了。他左顾右盼，似乎哪里都没有容得下他的地方了。

涛涛被四周高楼的外墙灯闪光包围，加上天台晾满女性内衣的诱惑，原本一身的闷热，就如火上加油，人也更为躁动不安。

事实上，纯粹的客观陈述和白描，或者现代派小说惯常运用的内部心理分析，在文本中较少出现。当然，作者也有袒露人物潜意识或主观心理的尝试，但次数不多，如《鹦鹉》叙述董涵梦中的险境：

> 董涵睡得很沉，她见到了和平北路上的那条鸟街，林立的广告灯箱中间错杂着日本式的鸟笼，像榕树的气生根一样密密匝匝，罩了一天。她缓缓往前走，下水道口开始哗哗地涌出水来，水位线急剧上升，爬过董涵的脚踝，她只能双脚拖着水前进，然而水很快漫至膝盖，直到腰的位置。在这冰凉的河流上，所有鸟都在鸣叫，不是因为恐惧，而是因为愤怒。董涵环顾四周，远远地漂来几具尸体，她一一过目，有老段的，有罗志明的，有晓真的，当然，也有她自己的。她焦急地想要蹚过水去抓住自己，然而水流太急，地底的泥沙缠紧了她，她想要喊，喉头用力，却挤不出一个音节，而水位继续上升，即将淹没她。

窒息的压迫感让董涵产生幻觉，本能潜意识不禁浮现那被水淹的死亡恐惧。又如《江南商场》写到主角在医院等候复诊时的一幕：

我坐着，侧着头看着窗外发呆。

我很快发现，徐波就坐在我旁边。

他还是少年时的模样，牛仔裤上大串的钥匙依然显眼，嘴上点着一支烟，烟头亮着，他眯起的眼不知望着何处。

“别抽了，这里是医院哇。”我说道。

他并没有答我，笑了笑，又猛抽了一口，把原本瘫坐在椅子上的身体直了起来，顺手把烟在自己的手心掐灭了。

这个时候，我没有去摸索自己手腕上的牛皮筋，一点没有这样的意思。我继续歪过头来望着窗外，窗户关得死死的，窗帘在看不见的风中微微摆动，好像，有人来过的痕迹。

“战友”徐波的影子一直挥之不去，现实与幻觉纠缠不清，以上片段有意把主角茫然若失的精神状态展示。

上述近于意识流（stream of consciousness）的描写，触及人物内心的阴暗角落（shadows），的确有助强化人物形象的立体感。

五

邵栋的小说擅于借助角色的语言来叙事，推动情节发展。篇中角色（包括第一人称叙事者）的语言各具个性，有别于全知叙事者相对客观的叙述话语。角色语言应用得当，人物形象必定更鲜明，而叙事方式和节奏也就可以灵活多变。试看《涛涛的夏天》中一众学徒的对话：

> 一伙人围坐在一起吃饭时，唯一有苹果手机的胡明，一手用筷子捣着饭菜，一手在手机上滑动。其他几个更为后生的学徒都凑着头看。
>
> “我最喜欢看这种街拍时尚，这些小姑娘可真敢穿啊。”胡明说道。
>
> “就是啊，看得人想犯罪啊，这些姑娘可真害人哈哈。”其中一个学徒愈加凑近了看，嘬着筷子头，“还是你的手机看得清楚。”
>
> “你的山寨机也就喇叭响。”胡明笑说。
>
> 其他几个学徒都跟着笑起来，涛涛也笑。
>
> “哪天哥们儿几个去对街那个蜀九香换换口味吧，天天中午猪脚饭晚上烧腊饭的，人都吃成腊肉了。”胡明嫌厌地吧唧嘴。
>
> “蜀九香好贵的，一个人要一百多块钱。欸，大贵，你不是带你的小女朋友去过吗？”旁人说起。
>
> 大贵说：“那天花了三百五……”他还没说完，胡明故作正经地接话：“包括了开房的钱吧？”大家都默契地瞎起哄。大贵急得耳朵都红了：“小娟不是那种人！”大家笑得更甚。

闲聊胡扯写来传神逼真，一群工作单调、拮据苦闷的底层年轻人的生活状况跃然纸上。又如《钻石山》描写潘先生与法师的一番对答：

“你太太是死于非命吧。”李师父望着烛火说道。

潘先生胸口闷闷的，微微点点头，不敢作声。

“我看见她浑身是血。”

潘先生听得毛骨悚然，烛火映在白墙上，显出时红时黄的成色，幢幢的暗影旋转着，忽大忽小，时深时浅。潘先生随着烛火颤动人也发起抖来，和李师父又凑近了些，紧闭着双眼，两手不断合十拜拜。

“你太太，死不瞑目。古人说，强死为厉，我虽看她面相富态，但怨气却极重。潘老板，我就直说了，你是不是有什么事情瞒着你太太？”

潘先生几乎要缩到衣服里，也不答话，只是低着头。

李师父说道：“不管什么事，如今她既然在这儿了，你便敞开心扉和她说说，我李某人便想办法替你化解就是了。”

潘先生抬头看了一眼李师父，说：“我口中默念，她也听得见？”

“听得见。”李师父肯定地说道，“不妨事的，诸种冤业我自能替你化解。”

潘先生顿了半晌，几乎有点哽咽了。他缓步走到香案前，取出戒指放上，随之便在蒲团上跪下，双手合十，垂头闭目。只见他嘴唇不住地微微翻动，如诵经般念念有词起来，伴着窗外淋漓的雨声与阵阵的闷雷，旁人全然无从知晓他在说些什么。

李师父说话玄妙神秘、高深莫测；潘先生则有愧于心、诚惶诚恐，二人的语言都能拿捏准确、恰如其分。又如《江南商场》中主角与徐波第一次对战后有如下的对话：

在几乎试过所有的组合和人物应对之后，还是没有胜算。“你就是徐波吧?”我问道。

他转头看向我，有点意外，看上去总是眯成一条线的眼睛似睁非睁，带着浅浅的笑意：“你坐了我的位置，我还以为你是专门来砸场的。”

“我随便坐的，我真不知道。”我解释道。

“我刚刚还在想，这人上午转学过来，下午就来给我不好看，有点意思。”

“你认识我?”虽然被打得屁滚尿流，但是我还是有点惊喜，“我打《拳皇》这么有名了?”

“娘屁的你歇歇吧，就你那臭水平。我和你同班好哦? 你今天上午自我介绍的时候我坐最后一排。”他摸了摸耳根，“垃圾桶旁边，靠后门。”

“哦我知道了。”其实我根本没有印象，“既然是同学，要不你教教我怎么打《拳皇》，你那些连招是怎么弄的? 我看你也没怎么复杂操作。”我忙问道。

“一天三块钱，我就教你。”钥匙哗啦哗啦的，他站起身，“别和老师讲啊，我也差不多要走了。”他望着远处，我一度以为他在和别人说话。

我转过头，看到台球桌后面有几个初中生模样的人在等他。

那刻徐波是胜利者，又经常在游戏厅打滚，说话自然较嚣张粗俗；而“我”家教严谨，接触的多是同学辈，生活单纯，谈吐便显得有规有矩。

毫无疑问，适切的人物语言，不仅能令角色栩栩如生，也可使叙述不至流于平板。对话足以增添情节的张力、行文的节奏感。看了邵栋的创作，肯定他是明白个中道理的。

六

邵栋讲述的几个故事，寓情于事，借事抒情，把爱情、亲情、友情、同性恋情，以及人与物之情刻画得确切真挚。《钻石山》是潘先生和太太的一段爱情史，夫妻相爱一生、喜乐与共。文中有描述婚前潘太太到潘先生工作的裁缝店取旗袍那晚的温馨片段：

也不知等了许多时候，潘先生听见有人轻轻敲门，他抬头一看，是潘太太。她脸上又是倦意，又是笑意。

二人隔着透明门玻璃相望的那短暂瞬间，潘先生觉得她美极了，就像做梦一样。

潘太太笑说："你还在呀？"

潘先生答道："我还在的。"

潘太太收了伞进来，并不解释自己为何迟到，欢欢喜喜地取了旗袍，也不认真翻看便收了起来。

"现在连电车也没有的了，你陪我走回去吧。"潘太太笑着说。

"嗯。"潘先生嘴里像含着一块正融化的糖，战战兢兢，口不能言，怕走漏了一丝甜蜜。

二人就这样合撑着一把大伞，沿着德辅道一直走到了潘太太的家。到了她家门口，潘太太上楼前交给了他一个任务："明天下午六点半，来我们公司大堂接我下班。"还没等潘先生回应，她便上了楼去。而这个任务潘先生一做就是好多年。

二人对话简短含蓄，叙事者也只是稍做点染，但一句"而这个任务潘先生一做就是好多年"便把他们细水长流的爱情展示。正因为潘先生深爱太太，所以对自己当日以假钻戒瞒骗她感到内疚。这种罪恶感一直埋藏于潜意识之中，而当潘太太意外身亡，他的内疚重新被唤起，于是便千方百计去弥补损害这段爱情的过失。小说中潘先生对妻子的爱意是不容置疑的，然而夫妇之间即使只出了一丁点问题，也始终会让人感到遗憾的。

《泊凫》讲述了一个年轻人的病态心理，他的偷窥信件行为，源于对父亲的爱怜，以及痛恨那抛夫弃子的母亲。父亲不幸的遭遇与忠诚的人生态度，让儿子最后悬崖勒马，清醒过来，重回父亲的身边。《江南商场》中的一段友情，叙事者与徐波因打游戏机而惺惺相惜，共同经历了几年既荒唐又刻骨铭心的青葱岁月。成长过程中的“辉煌事迹”，往往能让沮丧的人于记忆里找到慰藉；真挚的友情，也确实教人回味。《鹦鹉》也写到爱情，只不过它是小众的女同性恋。董涵和晓真的爱，源于二人同处异地而彼此能够互相照应、获取慰藉。欠缺笃诚的感情，经不起现实利益的考验，终于不堪一击，破裂而幻灭。

人与人的关系是相互的，可以因各自性格或环境的变化而破裂，彼此的感情如经不起考验便显得脆弱。而人与物的情感，其实同样难以一直维持。人有喜新厌旧的本性，尤其当时代的巨轮滚滚前行，事物日新月异，人的欲念便会按捺不住。小说《涛涛的夏天》便侧面道出了人们此种普遍的心理状态。不轻言放弃曾经给生活添上色彩的旧物，拥有这种观念和情怀的人，恐怕只剩下涛涛和小卖店的老爷爷了。事实上，对于被时代淘汰或失去效用的旧物，的确也不必过于感情用事，就让它们进回收站去，结尾处年轻的涛涛可能也有所感悟吧！

七

邵栋是擅于叙事言情的作者，他的小说篇幅不长，内容写实且充满时代感和人情味。故事题材虽称不上新颖，但构思独特、布局巧妙、情节紧凑，能牵动读者情绪。加上行文生动细致，刻画人物心理及摹写不同角色的语言都恰如其分，致令小说富有戏剧性和电影感，可堪咀嚼玩味。

杨玉峰

香港大学中文学院副教授

目　录

钻石山

潘太太爱猫，是尽人皆知的。她生前常抱着她心爱的那只戴蒙，摇摇地往相熟的姊妹家去打麻将。潘太太是个体面人，退休后出门赴约也多少有些与姊妹们别苗头的意思，略施粉黛不说，丝绸旗袍高跟鞋，再加上那枚结婚钻戒，一一都是制胜的法器。潘太太虽多少有些担忧衣服勾了丝，但戴蒙这只肥猫可是助她赢钱的小财神，总还是要抱了去。上了牌桌，戴蒙就像一团毛线那样往潘太太腿上一盘，便不动如山。潘太太有个习惯，每每做大牌自摸的时候，抓起的牌总要先往戴蒙脸上蹭蹭，戴蒙有时竟舔上一口，这时潘太太便会眉眼大动，因为如此这般，九成九是张好牌。

那是个周四的午后，潘太太借了戴蒙的光又和了牌，正眉飞色舞地算番数时，刘太太抽屉里的筹码已经不够。她边从手包里掏现金边说："四圈下来，都被你和得满手鱼腥了。今天我们三个老太婆，成了你们家戴蒙嘴里的咸鱼，没得翻身喽。"旁边的人也帮腔道，快有儿媳妇的婆婆杀气重。潘太太赔着笑说："今天手风顺，也都是瞎打打的。"刘太太没好气地说："哟，瞎打打都赢这么多。呐呐，今天怎么着也得再来一圈，下一圈我就坐你的位置了。我也瞎打打看看。"潘太太有些为难："哎，还要回家给老潘做晚饭呢……"三人自然不乐意，七嘴八舌说她都赢了这么多，还做什么晚饭，和老公下餐馆吃就是了。潘太太拗不过，只得又打了一圈。她也意兴阑珊，放了几张牌，让三人回了些本。

第六圈总是不能打的了。潘太太抱着戴蒙下了刘太太家屋院，上凤德道便急急往家里赶了。

潘先生后来曾往凤德道和斧山道那个路口望过一望，中央绿岛西侧的花坛还被公共护栏围着，亟待修复，连环车祸的痕迹也尚未完全消除，地上的刹车胎痕历历可见。那时潘先生刚刚从钻石山殡仪馆签完合同往家里走，也并非有意要经过事发现场。然而似乎冥冥中自有天意，这几日精神疲萎的潘先生，在这个路口突然意识到的那件事，却如当头棒喝。

车祸后，潘太太的遗物被警察装在一个透明塑料封口袋中，交还给了潘先生。潘太太随身包包中的物什甚多，手机、口红、化妆镜、折叠阳伞、老花眼镜等等。据说现场洒落一地，如漫天花雨。警察细心寻找，还寻回了一只耳坠，与遗体上的那一只恰成一对。潘先生把一包东西拿回家的时候，完全没有收拾的心情，只觉四顾茫然。然而潘先生在路口猛然醒悟到的那件事，他可能一辈子都无法弥补了。

遗物当中少了两样：结婚钻戒和戴蒙。

潘先生后来和警队的负责警官反复核实，确实现场没有发现任何钻戒的踪迹，道路四周的花圃植被早已经搜查过了，应该不会有遗漏。那位警官还说，当时他们到现场的时候，也并没有留意到有猫的踪迹，更别说猫的遗体了。

戴蒙是一只英国短毛猫，除背脊额头的浅棕色连成一片外，四肢肚腹皆为奶白色，瞳色一黄一蓝，俗称阴阳眼，十分特别。由于潘太太平日太过宠溺，生活无忧的戴蒙培养起了极为懒散的性格，一天大约要睡二十个小时，有时猫在沙发上，眯着眼一动不动便是好半天。这样的戴蒙要是流浪户外，如何能够挨生活？

然而这并不是潘先生所担心的，他纠结的是那枚戒指。

虽然潘先生和钻石山殡仪馆签了一条龙的服务协议，棺木被褥等不必预为准备，也不用操心吉仪封谢帖，但法事、堂倌，以及灵堂布置等却还要潘先生另加定夺，更别说报丧等琐事了。由于儿子小潘工作非常繁忙，事情几乎都落在潘先生一人头上，后事烦琐不说，还要跑警局处理车祸收尾乃至诉讼，常人劳形费神就是一定的了，而他更甚。潘先生是最怕警局的，刚游泳来香港的时候没有身份证，平日都不敢出门，怕遇到英国差佬盘问抓进局子里，再送回梅州去。于是那时候他就天天躲在舅父上环的海味店帮工，晚上就睡在几筐干鲍鱼旁边，致使他常产生幻觉，好像自己还漂在海上。

潘先生整夜整夜睡不好，连襟见了他都说他瘦得好似结婚前似的。身心皆疲的他，准备潘太太的后事真是一万分地敬畏，巨细靡遗。外人都说潘先生真是个好丈夫，对潘太太言听计从了大半辈子，如今更是尽职尽责。所谓外人，不过是那几个陪潘太太打麻将的姊妹。遗体告别那天，刘太太哭成个泪人，说自己千不该、万不该，要是当时犟着嘴留潘太太再打第六圈回本，就不会有这等事了。闻者都有点感慨，眼泪也多下了几滴。

殡仪流程本无甚可说，停灵守夜那晚却有些蹊跷事。大略午夜过后，众人早都哭乏了，坐在灵堂两边的折叠凳上相偎依，强撑着身体。突然不紧不慢的啪嗒一声，殡仪馆灵堂的灯就熄了。漆漆的四下里，吸气的声音此起彼伏，大家有些小小的骚动，然而还是年轻人反应快，纷纷打开手机拍照灯，一下子亮起了幽白的光点，潘先生顿觉周身燃起了圈圈白火，不觉打了个寒战。潘先生记得小时候在梅州乡下，半夜跟着隔壁家的大毛二毛去撬地主家的棺材，准备拆下了木头拿去卖。大毛二毛一抔土一抔土地往外掘，潘先生就在旁边压着手电探照，同时也留意野地里动静，给人放风。那时候死人多是薄葬，远远近近有时能看到白里透蓝的火突然腾起来，乍看竟极为刺眼。收木材的人一看就知道他们拿来的是棺材木，连人带木头给轰出去，破口骂了许多脏话。二毛撬棺材的时候手指被铁钉划伤，当时未留意，没几日就抽风死了。大毛则是和潘先生一起在白石洲下水逃香港的。两人从计生站偷了许多避孕套，一个个吹涨，头尾相连密密匝匝绑在身上，这样能在水中多增加些浮力。两人远远望着对岸的光亮，一头扎进黑暗里。潘先生下水后便再没见过大毛。

适应了这样的光亮，大家也就安心了不少，纷纷在手机上查询着停电的原因。

也不知是光线原因，还是心理原因，大家纷纷觉得有些凉飕飕的，如有小风习习。而恰在这时，潘先生的儿子小潘突然攥紧了父亲的手，也不言语，指了指灵堂上的长明灯。大家不知怎的，都随着他手指的方向往那边看，手机灯光也照过去，只见灵堂长台上的两盏长明灯，烛火有如蝴蝶扑朔一般明灭摇动，凉风时疾时徐，在黑暗中催动着火。一时众人都像怀里抱了块大石头，间中有人小声说了一句：“难道是灵魂不得安宁……”话音未落，一只烛火随即熄灭，升作一道白烟不见，另一只烛焰则如老僧入定，归作常形，燃烧如故。

烛火在大家手机灯光的照射下纹丝不动，大家呆在原地，无不纳罕，但也不敢再出一言。在不安的寂静之中，小潘痴痴望着烛火，若有所思地对父亲说：“爸，我们是不是弄得不够讲究，哪里怠慢了，妈不高兴？”潘先生并不答他，在灯光正胡乱照着别处的时候，没人看见他额头上豆大的汗珠唰唰地往下淌。

半小时后，电力便恢复了。听说是变电站进了小动物，大略是小猫、松鼠一类的东西，咬坏了变电设备，自己被烧成一团焦肉不说，还起了明火，于是变电站就自动跳闸了。

在香港，尸体火化之后如果骨灰盒想要归葬壁龛的话，需要在香港食物环境卫生署网站上排期。由于排队的人很多，潘先生只能先将骨灰盒放在家中。潘先生在自己客厅东边的装饰柜上摆了潘太太的遗像，圆圆的脸圆圆的眼睛，黑白色的照片里竟是十分鲜活的笑容。潘先生横竖看着都觉得戴蒙真是和主人长得有些像，至少是神似的。

骨灰盒一放就是几个月，潘先生晚上常常心驰意乱，没个安生，倒好似刚认识潘太太的时候，又想她来找他，又不想她来找他。那时候潘先生在裁缝店里帮工，潘太太来定做旗袍时还是个亭亭少女，潘先生量她身段，米尺像条蛇一样在她身上游走。起初潘先生还有些认真，米尺走着走着，他心也软了，行到水穷处，听见潘太太轻轻笑起来，他抬头往镜子里一望，二人身影相贴目光相接，那笑容竟少少有些会心。被椭圆的全身镜一框的男女，倒是月份牌里的人物与成色。与那些腰身像甜筒上的奶油一样塌下来的阔太太不同，潘太太从不当面调笑他长得俊，来店里有时竟不发一言，不过微带笑意，拨动成排的旗袍，衣架有节奏地碰撞发出的细小声响，是潘先生胸口的钟声。临了点个头，便走了。

潘先生没几夜就要梦见潘太太，起身却全不记得情节，只有一背的汗。望望屋里，还以为潘太太会像还没过世时那样，安然坐在窗边藤椅上，抱着戴蒙，猫脑袋斜斜耷拉在她手腕上，不时舔一舔那枚钻戒。

那枚钻戒约莫有一点五克拉，四爪单钻，净色戒环，精致切割的白色透明钻面，聚拢着四围的光亮。潘太太常拿自己的钻戒当万花筒看世界，那些亮闪闪的小悬崖上都是摩天楼的影子，一云起手来，整个香港都在她手上转动。

潘先生在遗像下面的装饰柜上摆了一个香炉，每天起床洗漱后就要进三支香。如无须去法院处理交通案善后，潘先生都不愿出门，日日吃食清淡，粥面为主。平时很忙、不是要工作就是要陪女友的小潘，这回出奇地积极，几乎次次陪着潘先生去办理各种案件手续。案子后来以对方赔偿十多万港币告终，对方虽有过失，但无全责。听到法官宣判的时候，潘先生颇为木然，看上去甚至有些不得要领。小潘却激动得很，甚至想要拥抱一下自己的父亲，不过见潘先生毫无反应，他便也就作罢了。

从法院出来，外面是明晃晃的大太阳和滚滚的热浪，和冷气充足的室内形成鲜明的对比。二人沿着路边的树荫走，准备各自搭车回家。

“寻猫启事乐富那边你也贴了吧？”潘先生边走边问。

“都贴过了，还是没有消息。钻戒也不知道被谁捡去了。那么大颗的钻石，真是便宜人了。”

“再找找看吧。你呢？最近都忙家里的事情，和佳莹处得怎么样？”

“唉，她最近不大高兴。”

“怎么了？”潘先生问得正如小潘所料。

“算命师说她明年二十九岁结婚的话会发大财，所以最近一直催我。”

“这不是好事嘛，终于要定下来了。你们在一起也好些年了。”潘先生停下来，望着小潘。

“但是她有个要求，必须有个大钻戒。我现在这个收入水平，哪里有余钱买钻戒，而且她都只看得中那些大牌子的。”小潘两手一摊，十分无奈。

“跟你妈一样。”潘先生顿了一下说道。

“你们当年就流行钻戒？”小潘有些明知故问。

“你妈当年因为英文好，在美国报馆做事。天天跟鬼佬打交道，自然受人影响，觉得结婚必须要有一个钻戒。那时候我还在裁缝店里面做学徒呢。”

“你做学徒的时候能买得起钻戒？”

“当然买不起。你也晓得的，我后来不是去了趟南非做生意吗，赚了点钱才买了个钻戒回来。不然也就没你了。”说着潘先生苦笑起来。

“唉，要是那时候家里有人能稍微帮一把就好了，也不会这样难了。”小潘看着父亲，发现父亲似乎没有理会他的意思，沉浸在自己的小世界中。他仔细一想，也觉得自己失言了，便不再吱声。二人这便各自搭车回家了。

潘先生坐上小巴一个靠窗的位置。小巴在密匝的街道里左右穿行，也不知开了多久，减速停在了一个陌生的路口，等待绿灯。潘先生此时凝视着窗外发呆，突然瞥见一个巨大的广告招牌。广告牌上立着一对微笑着的老年夫妻，上书“让最亲爱的人永垂不朽”“一生纪念”，下部一行字写道：“高科技制作骨灰钻石，天然材质完美质量。”红灯转绿，司机一脚油门踩下去，腾腾地过了线。广告牌在高得晃眼的天空下渐行渐远，潘先生回头盯着那张广告牌，目不转睛的。

潘太太那时在一家美国新闻社供职，所在大楼外墙贴面上是张巨大的钻石广告，一个金发的摩登女郎，炫耀着手上珠光宝气的钻戒，一脸挑逗。潘太太虽日日看欧美时尚杂志，懂得历年的流行风物，但她受她妈妈影响，爱穿旗袍，洋装并不怎么上身。三十年前旗袍早已不时兴了，但定做还是有的，价钱颇不便宜，潘先生就是在裁缝店做学徒的时候和她认识的。潘太太收入不低，然而吃穿用度十分讲究，都像洋人看齐，总没有什么积蓄。潘太太早早就同潘先生打过预防针，自己穿衣服已经够中国的了，结婚钻戒可要个洋货。

潘先生自然是没有买钻戒的钱。后来他逮着一个机会同一班旧相识去南非做生意，说要去两年。他和潘太太说，你等着我，我两年内肯定赚够一个钻戒回来娶你。潘太太当时也没应他，就由他去了。结果，潘先生去了半年就带着钻戒回来了。

潘先生到家之后，就上网查到了那个骨灰钻戒的网站，这才知道原来钻石的主要成分是碳，骨灰的成分也是，不过分子结构不同罢了。现在高科技可以提炼骨灰，然后在高温高压的条件下培育结晶，天然环境中千万年才能完成的过程，实验室里十个星期就可以达到。

费用虽然比天然钻石还要贵一些，但毕竟是以亲人骨灰作为原料，意义非凡，其本身又与天然钻石没有本质区别，这么一想，潘先生没有太多犹豫就拨通了该公司的电话，后来还专门跑了几趟。在相当审慎的考虑之后，潘先生决定用车祸赔偿的钱，再加上日常积蓄中的一部分，制作一颗和之前婚戒钻石同等大小的骨灰钻石。虽然小潘坚决反对，但潘先生依然故我，没再问他意见就完成了付款手续。在十周等待的时光中，潘先生心中十分安然，那是如同爱情般的甜蜜期待。

转眼已是秋日，收获的时节到了。骨灰钻戒被安在一个法兰绒的首饰盒里，工作人员戴着手套小心翼翼地将它送到潘先生手中，他端详着这浑身发亮的小东西，喜不自胜。工作人员还悉心告诉他钻戒的种种保养方法，远离油污化学品，还有防高温，等等，他都一一记在了心上。他怀揣着戒指回家，心脏竟有些紧张乱跳，倒像极了自己求婚时的景况。回到家中，他小心翼翼地走到遗像前，把戒指盒打开，放在装饰柜上。旁边摆上一个香炉，潘先生从香盒中抽出三支香，左手一把攥住，右手用火机点上了火，继而恭恭敬敬地一支一支在香炉上插好。只见白烟氤氲，香势亦很好，潘先生双手合十，躬身闭眼，便口中念念有词了一番。

上完香，潘先生坐到沙发上，耳听着窗外的市声，似乎正常的生活就在眼前了。然而他越想越不对，开始问自己："是不是弄得不够讲究？"

他心中又有些波澜了，戒指是买了，可夫妇二人阴阳两隔，潘太太可能听见他对她的告解吗？那桩心病又在作祟了。

他想起曾听人讲，意外身故者，有魂魄不定之说。他素昔不信鬼神之事，总也不放在心上，如今越想越怕：他的这番心意，如何才能让另一个世界的太太知道呢？

本以为买了戒指就大功告成的他，又陷入了另一番焦虑之中。几番思忖，他决定还是得做场法事才行，于是准备向见多识广的刘太太请教请教。他打电话给刘太太，刘太太知晓他有此番意向，十分热心，说认识一个广东的师父，十分灵验，虽然年纪不大，但在业内已经小有名气，价钱也十分公道。

"你可找他做过？"潘先生问。

"我女儿做过。她刚上班时犯小人，请他做了场法事化解。法事做完没两个礼拜，那个八婆就被调回大陆总部了。

你说灵也不灵？”刘太太十分得意地说道。

潘先生觉得她女儿这件事听起来颇有点不上趟，然而转念一想，刘太太是个直率人，法事听起来也确有效力，便按下了怀疑，向她要了那人联系方式。

联系了才知道，那人原来还是梅州老乡，在深圳讨生活。李师父把自己的微信号发给了他，说要方便联系，随即给他发来了一张电子名片，名片上书三字大名，八卦图为背景，上面一行字：“中国周易学会会员”“风水命理师”等等，反面就是服务项目，品类繁多，“婚嫁择日”“八字算命”，亦有“剪开杀”“断花根”等服务。潘先生见其中有“解冤安魂”一项，便比较放心了。

潘先生并没有具体告知李师父来香港做什么，只说解冤安魂，李师父也没多问。李师父告诉他，本周六就是吉日，自己会在罗湖过关，坐地铁过来。于是二人约定周六早上十点在钻石山地铁站碰面。

不消两三日光景，就是周六，时间地点都没错，潘先生就碰着了这位李师父。李师父年纪很轻，面相和善，大光头明亮亮的。他身着亚麻布的松身衬衫，身上挂着一个布袋，左手手腕一块金表，右手手腕一串佛珠，见了潘先生便合十行礼。潘先生也回礼。烈日当空，二人也不再多客套，便匆匆来到了潘先生家。

二人落座后，李师父便问潘先生：“我李某今天可以为潘老板做点什么？”

潘先生不知如何解释，有些难出口，便只是说：“我妻子过世很突然，有些话，还没来得及说，有些东西也想给她看一看。所以，想请您做个法事，请她回来一趟。”

李师父微微笑起来，并不细问，便说：“这倒不难，家中可还有夫人的衣物？”

潘先生说，有的有的，立马起身在衣柜里翻出两件潘太太的旧时衣物。李师父取了来，从布袋里拿出一段黑色布料，将衣物细细叠好，裹在黑布中。他又取出两支白烛，在香案前点上，在遗像前念念有词，俯身磕了三个头。

起身后，他点了三支香攥在手中，腋下夹着黑布包裹，对潘先生说：“我现在出门一趟，为她引路归家。蜡烛点完之前，我肯定可以回来。”

天气有些转阴，潘先生的手机上一条条香港天文台的短信发过来，都是雷暴警告提醒，他往窗外一望，除了天色转暗之外，云也走得快起来。潘先生心里一阵激灵，有些小小的害怕，便把日光灯都打开，显得更亮堂些。

李师父不消一刻钟的时间就回来了，潘先生给他打开门，只见他手上三支香已经稳稳地燃了一半，发出一股沁人的幽香。潘先生忍不住暗暗嗅了一口，便微微有些晃神，但见李师父把黑布包放在香案上，手中三支香不紧不慢地插在香炉中。李师父和气地和他说：“潘老板，刚刚进门前我已经在门上贴了符咒，为她指明方向。我现在诵一段招魂咒，我们只需稍待片刻就可以了。”

潘先生看着李师父嘴唇翻动，心头乱颤了起来，想到亡魂归家的事，恐惧如窗外的落雷声，黑压压滚滚而来。而李师父兀自盘腿而坐，呜噜呜噜诵着咒语。

不一会儿，雨点就噼噼啪啪在窗玻璃上打起来，香案上的两支白烛火焰忽然便抖动起来，应着窗外呼呼的北风。李师父很快停止了诵经，站起身来，关上日光灯，拉上了窗帘，室内除了黄黄的乱颤烛火，便是一片黑暗了。

李师父小声说道："你太太，回来了。"

潘先生想起他初初认识潘太太的时候，有一日，潘太太预约当天来取定做的旗袍，因师父与师母有事回乡下，留潘先生看店，事先她就和潘先生打了招呼，他便牢牢记在了心上。说也奇怪，那天他一个人痴痴地在店里等，也是个雷雨天气，不仅店里冷清，外头商业区多也各自打烊收摊，街上竟小小有些萧索，裁缝店的落地窗被雨水冲刷得格外干净清明，七彩绸缎映在玻璃上，竟是虹色的水世界。他一直等到预定打烊的时间，潘太太还是没有来。潘先生心想，她既说了今日要来，我便该等她，况且她工作的地方亦与旗袍店不远，即便加班晚了，总也要路过的。但他又害怕师父嫌他浪费电，过了十点打烊的时间，他就把灯全关了，人坐在靠门的位置，手边点起了两支蜡烛，如若潘太太路过，也该是看得见的。

也不知等了许多时候，潘先生听见有人轻轻敲门，他抬头一看，是潘太太。她脸上又是倦意，又是笑意。二人隔着透明门玻璃相望的那短暂瞬间，潘先生觉得她美极了，就像做梦一样。

潘太太笑说："你还在呀？"

潘先生答道："我还在的。"

潘太太收了伞进来，并不解释自己为何迟到，欢欢喜喜地取了旗袍，也不认真翻看便收了起来。

"现在连电车也没有的了，你陪我走回去吧。"潘太太笑着说。

"嗯。"潘先生嘴里像含着一块正融化的糖，战战兢兢，口不能言，怕走漏了一丝甜蜜。

二人就这样合撑着一把大伞，沿着德辅道一直走到了潘太太的家。到了她家门口，潘太太上楼前交给了他一个任务："明天下午六点半，来我们公司大堂接我下班。"还没等潘先生回应，她便上了楼去。而这个任务潘先生一做就是好多年。

"你太太是死于非命吧。"李师父望着烛火说道。

潘先生胸口闷闷的，微微点点头，不敢作声。

"我看见她浑身是血。"

潘先生听得毛骨悚然，烛火映在白墙上，显出时红时黄的成色，幢幢的暗影旋转着，忽大忽小，时深时浅。潘先生随着烛火颤动人也发起抖来，和李师父又凑近了些，紧闭着双眼，两手不断合十拜拜。

"你太太，死不瞑目。古人说，强死为厉，我虽看她面相富态，但怨气却极重。潘老板，我就直说了，你是不是有什么事情瞒着你太太？"

潘先生几乎要缩到衣服里，也不答话，只是低着头。

李师父说道："不管什么事，如今她既然在这儿了，你便敞开心扉和她说说，我李某人便想办法替你化解就是了。"

潘先生抬头看了一眼李师父，说："我口中默念，她也听得见？"

"听得见。"李师父肯定地说道，"不妨事的，诸种冤业我自能替你化解。"

潘先生顿了半晌，几乎有点哽咽了。他缓步走到香案前，取出戒指放上，随之便在蒲团上跪下，双手合十，垂头闭目。只见他嘴唇不住地微微翻动，如诵经般念念有词起来，伴着窗外淋漓的雨声与阵阵的闷雷，旁人全然无从知晓他在说些什么。

约略过了半炷香的时间，潘先生已经把心事诉尽，心里感到渺渺的轻松，紧绷的泪腺自然也就少少松弛，眼睛便湿了。他盼望潘太太会原谅他，就像他曾盼望她会答应求婚一样。

潘先生就这样望着烛火，等待着变化的出现，然而烛火依然如故，他不禁有些担忧地望着李师父。李师父赶忙凑上前来，说道："潘老板莫担心，她已经都听到了。我便诵一段解冤咒，再化些纸钱，也就不妨事了。"说完，李师父从布包中拿出一大叠纸钱。潘先生连忙"好好好"地应着，寻了火盆，便慢慢化起了纸钱。由于没什么经验，潘先生手忙脚乱又心急，许多纸钱还没化透，他就覆盖上新的，于是烟气腾腾，把二人都呛得不行。正当李师父口中诵着解冤咒时，烛火突然猛烈抖动了一阵，就熄了，蜡烛已经点完。

潘先生赶忙回头望着李师父。李师父说："她已经走了。"

"那你的解冤咒她都听到了？"

“她是听完才走的。她应该是满意了。”李师父安慰道。

做完法事，潘先生便拿出提前准备好的红包，塞给了李师父，李师父忙要推辞，说都是自家朋友，不必客气的。潘先生坚持要给，李师父笑嘻嘻的，就也不十分坚持了。二人于是便在地铁站别过了。

潘先生心头大石已落，心意舒展起来。回到家中，才发现自己十分疲乏，便准备小憩一番，躺到床上，很快就进入了梦乡。

他感到躺着的地方微微摇晃起来，好像有海浪一波一波地涌来。他那天在甲板上，远远望见西开普的赫斯顿港的时候，还以为是海市蜃楼。舅父带着自家的三个儿子，还有他，在货轮上走了十九天海路，终于到了南非。

那年南非政治动荡，没念过什么书的舅父却嗅到了商机，他托旧唐人街的广东朋友办了一张私人开采鲍鱼的休闲许可证，拿出所有积蓄，还借了一笔钱，贩了一船的小家电往南非，准备靠这批货与积蓄做启动资金，干一笔大生意。

潘先生那时候为了潘太太，把日常省下的钱支持舅父的生意，并决定跟着他一起往南非闯一闯。潘先生从没想到钱是这么容易挣的，他和舅父还有三个表兄，除了白话，一句外语也不会讲，在旧唐人街相熟的华人超市门口停一辆卡车，捎人去相邻的几个街区传个话，当地人就成片涌过来，抢购他们的小家电。不一会儿工夫，他们就一人头上顶一个微波炉或者收音机，排着队蚂蚁搬家那样回去了。

舅父还不满意：“早知就多进点尾货了。”

刚到西开普的时候，舅父天天和一个叫小陆的混在一起，小陆油头粉面西装革履，据说能罩得通警局海关与当地的黑帮。因着小陆的帮忙，他们雇了当地一批水性好的渔民，开着船到海上，深潜到海底采捞鲍鱼，通常每船要雇用七八个当地人，一天下来，能有四五麻袋的收获，上百斤的连壳鲍鱼。他们给这些人每人二十兰特，这些渔民通常马上就会拿去换大麻。最多的时候，他们同时租着十三条船。

潘先生他们同时租了一个车间，买了三台巨大的烘干焙烤机，昼夜不停地将运来的鲍鱼烘干，之后十来个工人将烘干的鲍鱼装袋、封箱，每天早上五点统一搬上车，由潘先生他们四个年轻人送到码头。到码头之前要换车牌，到关口后拿出预先准备的证件以及文书。这些都是面子，文书里面夹着的是给海关的每人每车五千兰特。

这都是例牌，会当面点清的。码头上有人交接，准时发往香港。

舅父每个月也给他们发工资。三个兄弟倒有时会偷偷出去寻个乐子，潘先生是一个子儿都舍不得花的。潘先生当时其实不知道自己在做走私生意，他始终以为是正当营生，直到新唐人街那边常有一伙年轻人过来在车间门口挑事，他也没觉得有什么不妥。舅父也从来不提这方面的事，只是偶尔听他嘴里对福建人骂骂咧咧。

五六个月过去，车间的生意越来越红火，原本雇的工人根本不够，本地人也太懒，四个年轻人常常要亲自上去帮忙，忙到凌晨还要去码头送货，送完货四人才能回去休息一会儿。

那天早上特别冷，四人分别开车去码头送了货，空车回来。停回到车间后面的时候，发现车间的电灯泡还没关，潘先生就打发三个表兄弟先回去，他推开车间门，准备去关灯。

他发现机器旁边躺着一个人。他并不认得躺在血泊里的这个人，这人赤裸着上身，脸上血肉模糊，手筋脚筋也都被挑断了。

很快四个年轻人知道，这个人就是潘先生的舅父，发现的时候，早就已经没了呼吸。

车间当然是要关了，福建人很快就控制了码头。四个人躲在老乡家里，偷偷凑了钱，当然主要是潘先生的钱，由小陆出面将舅父葬在码头北边的山里。四个人为了偷渡回香港，又给了小陆很多钱，让他从台湾人的船上凑出四个人头来，预定第二天早上走。那天晚上，三兄弟还在商量怎么逃回大陆躲债的时候，潘先生和他们说他还要先去个地方。

潘先生走进西罗町唐人街那家高仿钻石店的时候，还有些担忧，但很快就有一位穿旗袍、烫着波浪头的大姐，手里夹着一支香烟，用广东话招呼他："别紧张嘛，随便看下，都是好货，要哪个我拿出来给你看，包装证书都齐的。"他笑了一下，就算是回应了。不过他也一眼就看中了那枚一点五克拉的"大钻戒"。

潘先生知道，这次差点没命的淘金旅程，已经几乎赔光了他往昔的积蓄与努力，他不能再失去潘太太了。就算哪天要向她认错忏悔，他也在所不惜。

正是因为这枚"大钻戒"，求婚出奇的顺利。曾阻扰一对贫贱夫妻的大障碍已被扫除。结婚、办酒、生儿子，潘先生虽然心中块垒重重，但随着本就该属于他的美好生活终于徐徐展开，他倒也真该感谢这颗假钻石的伟力了。于是他对潘太太，更是加倍的体贴。

潘太太也曾问起舅父与三兄弟，潘先生说他们在南非做生意做得很好，再不会回来了。

然而大概有那么几年，看着潘太太幸福地沉浸在家庭生活中的样子，他也曾经想过自己偷偷攒钱，给潘太太换一个真钻戒，可是家里处处要用钱，一个钻戒又是如何能够轻易攒起来的？即便攒得起来，又如何说起呢？看着自己的小家庭生活愈加丰富，爱情的结晶茁壮地成长，潘先生的愧疚与焦虑渐渐被生活的忙碌和细小的喜悦所掩盖。他逐渐忘记了那件事，慢慢开始记得那是一枚真正的钻戒。

潘先生缓缓睁开眼睛，此时觉得房间里格外亮，脑子也有些蒙蒙的，正准备起身，发现窗台上立着一只猫，瘦骨嶙峋，两眼一黄一蓝。潘先生一下就认出来是戴蒙，一别数月，虽然它瘦得走了形，但细看很快就能分辨出来。潘先生心疼地把戴蒙抱在怀里，心中又悲又喜，悲的是戴蒙受了许多苦楚，喜的是爱宠终于回家，似乎是潘太太给的一个积极的暗示。

潘先生放下小猫，又上了三支香，给潘太太报了喜不说，还再三感恩发愿，要好好照顾戴蒙。话毕，他便抱着戴蒙来到遗像前，让爱妻好好看看她生前的宠物。戴蒙看着遗像，露出些不耐的神色，东张西望，意欲挣脱。下午白净的阳光斜斜照进来，潘先生看着遗像上的笑容满是宽慰，照片外面这个幸福的彩色世界仿佛也将被永久凝固了，一人一猫的形象被相框环住，不知相框里的人见了是何感想。

潘先生异常高兴，把自己的戒指凑近了戴蒙。戴蒙过去是很爱舔潘太太那颗“钻石”的，它常用自己的小舌头一遍又一遍舔洗着戒指，潘太太也乐意它这样，自己的两件爱物这样融洽，何尝不是她所乐见的呢。

可是这次戴蒙却不乐意了，它别着脸，避之唯恐不及。潘先生就继续用自己的无名指去凑戴蒙的脸，戴蒙的爪子胡乱摆动起来。这多少有些破坏了潘先生的好兴致，如若戴蒙配合他一下，这一天的流程就可以算得上完美了。潘先生继续强凑着自己的戒指，几乎要把戒指凑到了戴蒙嘴里。大概是潘先生太用力的原因，戴蒙回头就是一口，细长的尖牙直直刺进潘先生的指节里。潘先生哎哟大叫一声，迅速甩开了手臂，戴蒙甫一落地，就弓身疾走，一步蹿上窗台，立在窗沿上回头望着潘先生。潘先生强忍着痛想要去把戴蒙抱下来，可他一要靠近，戴蒙就纵身一跃跳出了窗台。潘先生探身出去望，早没了戴蒙的踪迹。

潘先生慌慌张张地回身，此时的他已经分辨不出手上恣肆的是鱼腥还是血腥。而他做的第一件事不是处理伤口，而是凑近了看遗像前的香炉。三支香依然烧得好好的，燃尽的部分节节脱落，掉在积得厚厚的炉灰中，一层一层满是潘先生过去焚香祈愿的成果，灰白的香段一节节地堆叠，好似死人森森的指骨。

涛涛的夏天

风扇在地上呼啦呼啦地转着，把热气和灰尘鼓捣得腾腾而起。站在椅子上的胖房东吃力地扭着从天花板上吊下来的灯泡，在某个适当的关头，黄黄的光线洒下来，填满了这个连白天都显得昏暗的房间。

已是满头大汗的房东爬下了椅子，额头上抹了一把汗，就往自己裤子上揩。“说得清清楚楚，留着冰箱加一百，不要冰箱的话，还是看房时候的价。”房东边拔下电风扇的插头边说道。涛涛抬眼环顾这个不过几平方米的小屋子，如果连冰箱都搬走了的话，只剩下一张床和一个柜子了。

涛涛并没有和房东多争辩，最后还是决定把冰箱留下来。他总觉得，屋子里总得有个像样的电器才好，而且他一个人吃住，兴许常有些剩饭剩菜什么的。房东一边清点一期的押金和第一个月的房租，一边说：“你真好彩，这么好的冰箱真是便宜你了。”涛涛听着听着，不禁有些小小的高兴，他望着胖房东左手拎着电扇、右手拎着椅子往外走的蹒跚样子，笑了起来。

然而涛涛在深圳当汽配学徒这三个月来，冰箱的插头都没机会插上插座，因为他几乎每日都是在店里吃些老板安排的外卖，哪里有剩菜。这日不知老板有什么高兴事，拉着大师傅出去下馆子，留他们几个学徒看店，涛涛他们也自在许多。一伙人围坐在一起吃饭时，唯一有苹果手机的胡明，一手用筷子捣着饭菜，一手在手机上滑动。其他几个更为后生的学徒都凑着头看。

“我最喜欢看这种街拍时尚，这些小姑娘可真敢穿啊。”胡明说道。

“就是啊，看得人想犯罪啊，这些姑娘可真害人哈哈。”其中一个学徒愈加凑近了看，嘬着筷子头，“还是你的手机看得清楚。”

“你的山寨机也就喇叭响。”胡明笑说。

其他几个学徒都跟着笑起来，涛涛也笑。

“哪天哥们儿几个去对街那个蜀九香换换口味吧，天天中午猪脚饭晚上烧腊饭的，人都吃成腊肉了。”胡明嫌厌地吧唧嘴。

“蜀九香好贵的，一个人要一百多块钱。欸，大贵，你不是带你的小女朋友去过吗？”旁人说起。

大贵说：“那天花了三百五……”他还没说完，胡明故作正经地接话：“包括了开房的钱吧？”大家都默契地瞎起哄。大贵急得耳朵都红了：“小娟不是那种人！”大家笑得更甚。后来大家话题便岔开了，说到了别的上面去。

涛涛悬着的心，这才放下些。中午猪脚饭，晚上烧腊饭，两顿十五块钱。老板因和临街的烧味店师傅是佛山老乡，送来的外卖分量价钱都是很实在的。店里不少学徒大概也和涛涛一样，一天只吃两顿，顿顿都在店里吃，这样就能省下一顿早饭钱了。这些小伙子个个都在省钱，其中几个大概是要换苹果手机，或者准备买一套网游里心心念念很久的装备。

涛涛的心比他们还大，涛涛想回家盖房子。

五月底的时候，天气就一发不可收拾地热了起来。涛涛每天窝在汽车底盘下面，犹如在蒸笼里打滚，背上能淌出油来。身上的工作服是那种发硬的麻布质地，非常不透气，沾了汽油污渍后还会黏在背上，湿腻腻的，非常难受。晚上回到住的地方，也全无转机。屋里北面虽然有一扇小窗，但涛涛不敢打开来，毕竟手伸出窗外就能够到对面人家的窗帘，实在尴尬得很。

一日下班后，涛涛去超市逛逛看有没有价钱合适的电扇。他一走到超市的大门口，就望见门楣上挂着红色大横幅在促销空调席，“厂家直销”“日本工艺”“超强制冷”，这些字眼像倒计时秒表那样鲜红地跳动着。涛涛看着看着，觉得自己总也是一时没有钱买得起空调了，空调席好像也不错。于是他咬咬牙就把空调席买了回来。涛涛回到家，满心欢喜地拆开包装，空调席一铺开来，已经与室温那样带有热度了。涛涛有些迷惑，不应该是冰凉冰凉像冷气机那样的感觉吗？涛涛以为躺一会儿才会有效果，然而只是越躺越热，不消几刻钟，席子上几乎全湿了。

他抱着席子上了天台，准备像小时候纳凉那样露天睡下，盼望夜风能缓解这一身的闷热。然而当他打开天台的门，人就愣在了那里。四围亮若白昼的高楼像棕榈树那样高高站着，一亮一暗地变换着光彩，涛涛眼见及此，觉得先自矮了几分。

而眼前横七竖八的晾衣杆上花色的女人内衣，在微微的夜风里，正嘲弄地飘动着，涛涛的心也跟着一动一动的，都快要跳到喉结那儿了。他左顾右盼，似乎哪里都没有容得下他的地方了。他几乎沮丧地回到了房间，打开灯的时候，他看到了那台久未启用的冰箱。于是他几乎是鬼迷心窍一般的，小心翼翼地插上了冰箱插头，打开了冰箱门。

那一夜他睡得特别好。这虽然已经是一台老式飞天牌冰箱了，但是制冷效果依然十分惊人，甚至几乎没什么噪声。当然，这种判断也许只是他住在棚户区的错觉吧。在涛涛看来，这台冰箱，可比他记忆中所有的冷气机的制冷效果都要强劲。他不禁有些得意自己当时明智的决策。他挪移了床的位置，使得他睡觉的时候可以更加靠近打开的冰箱门。

源源不断冒出来的水汽好像大舞台上的烟幕弥散而起，冰箱里黄黄的灯一照，仙境便滚滚而来。涛涛不在乎冰箱里的光线和那有规律的噪声，他单觉得很安全，也很放心。如此，涛涛每天都要对着这台打开了门的冰箱才能睡得着觉了。虽然每天早上起床的时候他会觉得脚麻麻的，关节也有些凉，但涛涛心里是乐意的。

隔天吃饭的时候他和工友们说起，胡明带着头嘲笑涛涛，说他“憨居”，从没听说过这样的事情。涛涛可不服气了，他几乎是像在为自己的好朋友辩护那样说道：“这有什么奇怪，你们不也是每天晚上都得抱着手机才能睡觉，为什么却来嘲笑我？”工友们觉得他从来没这么理直气壮过，觉得很新鲜，但是却也没什么话反驳他，也便不再多说了。胡明掂着自己的手机，照例给大家传看着年轻女孩子的照片。

然而涛涛理直气壮也不过是一时的事情，月底收到电费账单的他，几乎都傻了眼。九百块，真是肉疼，都能买三吨水泥了。他想到自己一夜一夜地开着冰箱门，挨了宰也实在是活该，也没处诉冤枉。他坐在床沿上，大腿都拍疼了，又是懊恼又是着急。怎么办呢？然而他实在也是离不开冰箱了，为了省钱，他只敢在睡前开冰箱了，而后半夜热醒了的话，也可以再开一会儿。

这样的花销对他来说依然巨大，因为他在网吧里搜索了才知道，冰箱在开关那一会儿耗电量是最大的。工友们一听说他愁电费的事，胡明又带头骂他“憨居”，说哪见过棚户区的人自己正经交电费的，从来线都是乱拉的。胡明说：“我认识华强北那边一个熟电工的，懂得在电表上做手脚，反正这样一接那样一接，电表就不怎么走了。是我老乡，我问问他看。”胡明一副“包在我身上”的样子拨弄着手机，一众学徒带着钦佩的眼神，看着他跷着二郎腿在电话里没两句就和对面敲定了这件事。涛涛想，真像武打书里面侠客相交，不过一两句言语的工夫。

这个懂接线的叫喜哥，给朋友接线也不收钱，只收两包双喜，硬壳最常见的那种，所以大家都乐意喊他喜哥。涛涛原没见过他，约好的那天，下了楼在门口张望，见对过小卖部前面站着一个叼着烟、背着工具箱的年轻人，年纪也只比涛涛稍大一些，满脸的不在乎。涛涛有些战战兢兢地走过去：“喜哥？”那人也不看他，喉头“嗯”了一声，指着门洞，面无表情地说："就是这个单元，502？"涛涛说是，喜哥就掂了下工具箱的肩带，也不理涛涛，径直往门洞走去。在黑暗中，他站在一张长凳上去够高处的电表箱，脖子和肩头夹着一只大手电。打开电箱，白白的光圈像在墙上画了个月亮，照在密密匝匝的电线丛林中。喜哥面无表情，不慌不忙，像电视里那些双面绣的民间艺人，蝴蝶穿花，这里一穿那里一接，几下里一鼓捣，"好了"，喜哥说道。涛涛真是满心欢喜，多日紧绷的弦终于松下来了。

涛涛连忙从塑料袋里拿出两包双喜递给了喜哥，喜哥也不言语就接了过来，塞在裤兜里。"喜哥，你也上楼坐会儿吧，抽抽烟吹吹冷气。"涛涛流露出少有的热情，而喜哥也只是喉头"嗯"了一声，一边跟着涛涛上楼，一边掏出火机点燃了已经叼在嘴上的双喜烟。涛涛像打开百宝箱那样打开了冰箱门，喜哥一见那架势就乐了，说："你还挺有创意。"

二人往床上一坐，吹起"空调"来。喜哥递给涛涛一支烟，涛涛忙说"不会"。"抽一支。"涛涛才小心翼翼地接过来。"开冰箱吹冷气，难怪电表也走得快。"喜哥带着一种宽容的语气说道。两人就这样眯着眼睛坐在床上抽烟，午后的阳光照不进的小房间里，黄光灯泡四周烟雾袅袅，涛涛在吞云吐雾中，想起过去在老家祭祖的景象，也是这样黄黄的烛色，染在熏得油黑的泥墙上，斑驳地跳动。老人们安排小男孩手折的锡箔元宝，齐齐一摞放在用粉笔画好的大圈里，火机一点，元宝就明明灭灭地燃起来，烧得快的时候火焰有两个手掌那么高，凡有些烧不透的时候，就会有阵烟腾起，既迷眼睛，又呛喉咙。涛涛这才想起，清明早过了。

喜哥抽着抽着就说："你这旧冰箱早停产了，牌子都倒闭了。这款式，大概得是小二十年前生产的。一般用个十年也得坏了，真是奇了怪了。"说着他就站起身来，关了冰箱，拆了后盖，鼓捣了好半天。末了，他说："我这样弄一弄，你这冰箱估计能多活好一阵。"

之后，涛涛愈加感激喜哥，因为冰箱不仅运转安然，制冷效果似乎还更好些了。夏天最热的时候即将到来，涛涛边吹冰箱边躺在空调席上，觉得自己好像躺在《神雕侠侣》里面的寒玉床上。杨过在寒玉床上练功，一年抵十年，涛涛觉得自己这样睡着，也一定能早早赚够钱回家。

由于电表几乎就不怎么走，涛涛愈加撒了欢地开冰箱，有时休假开一天一夜，他也就在床上躺一天一夜。他没有计算机也没有 iPhone，但他觉得这样就特别幸福。

一个月也不知道是两个月过去了，涛涛觉得冰箱制冷效果突然就大不如前了，再过几日，甚至都感觉不到冷气了。他记得自家电视机不好的时候常常在背后拍两下就会好，于是他也对着冰箱背后狠命拍了几下，结果还是枉然。

他请了喜哥来修，喜哥看过之后说："你可能还是用得太狠了，面板完全烧坏了，根本修不了了。现在只是一个架子了。"这几乎是盖棺定论了。

涛涛托了很多老乡询问，看看有没有人家有不用的飞天牌冰箱，或者只是冰箱线板都可以，然而长久都杳无音信。涛涛每日回到出租屋，便像一袋米那样躺倒在席子上，望着天花板，发着愣。正是深圳的雨季，雨点打在外面玻璃瓦上的声响，混着铁锈的气味，钻进房里来，几乎让人喘不过气。天花板上缓缓绽开花瓣一样的霉斑，如秋日枯荷，随着雨声微微摆动。

涛涛依然继续请老乡帮忙打听，然而他也逐渐知道，恐怕没有什么人家还在用着这种旧冰箱，这里的人什么都要用新的，手机一年要换一次，坏了的东西就直接变成了垃圾。

涛涛曾在一个周末，跑过老虎坑垃圾场附近的废品收购站。他记得废品收购站的后院里，堆积的电视机、微波炉还有种种电器与建筑材料门窗等，各自垒成了一座小山，工作人员都忙得不可开交，和各处的专业收货人打着招呼拉锯着价钱。涛涛扫视了一圈，见到一个“落单”的业务员，便兴冲冲地走上前去，小心地询问着有没有飞天牌冰箱。

那人别着眉毛、眯起眼睛看着他，一脸疑惑不解，嘴上的香烟口上亮了一下又暗了下来。他左手伸进领口挠了挠，右手直直举起来，指着西边，不耐地说，那边看看先，可能有，我都不知道的。说着右手拍拍他的肩膀，又指指那边，就算打发了。

涛涛站在一座冰箱垒成的山前，白的灰的红的，像极了小时候玩的积木，一块一块堆在一起。眼前死气沉沉的景象，打消了他一路以来的念头，许多冰箱都被压得变了形，或者门都没有，裸露的线板悬在半空中，已霉了半边。

涛涛知道，飞天牌冰箱大概是找不到了。

涛涛决定开始学着习惯没有冰箱的日子。他从老乡那儿用很低的价钱买了台旧电扇，虽然晚上不能给他降温，但是流动的空气能使他睡得更好一些。更加闷热的时节，在家乡，他会同村里人一起，卷了席子，蹬着人字拖，去河边桥上睡觉过夜。在深圳，很难找得到这样安静的桥，他曾经和工友睡过一条引桥的桥底，半夜却被抄起来查了身份证。

也许是工作越来越辛苦的原因，也可能是涛涛的身体越来越适应深圳，他终于从某个时刻起，到了床上就能睡着。这在他，是何其重要的事。睡不好，第二天哪有那么多力气起来做事。

有一天中午，涛涛骑着店里的自行车去买临时需要的元器件，太阳火辣辣地扎在他背上，陪了他一路。他把进的货盘点完，架上车后座，从裤兜里掏出钱来才发现，钞票已经湿得能汪出水来了。对方没好气地接过钱来，打量了他一眼，也没口来应他。他就这样浑身湿漉漉地推着自行车，往回走。

路过一个巨大的拆迁工地，涛涛目力所及是一片沙漠般的瓦砾与碎砖头，太阳底下的烟尘，翻腾着，反倒映着天边的摩天大厦，像海市蜃楼一般。而正午的阳光照在废墟之上，竟是黄金一般的成色。

在一片瓦砾中，涛涛发现路边有一座孤零零的私房，背靠两棵荫盖如篷的大树，一进三层，倒有些像乡下的房子。敞开的玻璃门上用红色塑料纸贴着“烟酒”二字，原来是个小卖部。

涛涛推着车走近，才发现这个人家改造的小卖部竟是这样的简陋，不过在墙上摆了几个酒瓶，玻璃柜里面有几包诸如双喜这类的烟盒。一个老爷爷坐在藤椅上，一动不动，也看不出他是不是睡着了。

他把车停了下来，老爷爷马上挺起身体慢慢站起来："小伙子，要买什么？"

"有没有饮料？冻的。"涛涛问。

"有的，雪碧、芬达、可口可乐。"

"多少钱啊？"

"小的两块半，大的四块。"

"那，给我小的雪碧吧。"

"好好好，我给你拿。"老爷爷回身进去，柜台旁边原来有个冰箱。

涛涛眼睛一下子睁大了。

老爷爷拿着一罐冰的雪碧，回身出来。涛涛接过来，一阵凉意直渗入骨头。

涛涛边掏钱边问："那个冰箱是飞天牌的吗？"

老爷爷笑着说："对对，我大儿子结婚的时候一起买的，一起买有优惠。"

涛涛接着问："还好用吗？"

"好用好用，我们店全靠它呢，我现在这边基本上都是年轻人过来买点饮料。工地上的人偶尔也会来买点烟、冰啤酒什么的。"

涛涛愣了一阵，咬了两下腮帮。他继而望着那台冰箱出神，突然明白老爷爷和他，大概也是一样的。念及此，他便拉开了易拉罐，仰着脖子咕咚咕咚把一罐雪碧都灌进了自己喉咙里，水与气坠着他的胃，他的心情也顿时平静了很多。

“你要是喝完了，你把铝罐留给我吧。”老爷爷眯着眼睛和他打商量。

“哦好好，谢谢啊。”涛涛把罐头递回给了老爷爷，踢开了脚刹，推着自行车准备继续往回走。

但是涛涛还是忍不住回头望了一眼那个小卖部，望了一眼老爷爷，和冰箱。老爷爷便和他挥手，他也挥了挥手。

于是他继续走，心里却有点说不出的感觉。然而，这种感觉大概只是一闪念的事，因为他还得赶着穿过这片瓦砾的黄金国度，回到海市蜃楼那边去。

江南商场

所有英雄与懦夫，都和我一样，会在病床上想起自己的一生。若生活不能自理，想得会更透彻一些。拜颈椎病所赐，如今我的生活不能自理表现得十分透彻，睁眼就晕，起身就吐。妈妈自然陪在我床边，在我每天二十小时睡眠的间隙，轻轻抚摸我的手腕，试探我是否醒来，要不要喝水，要不要夜壶。每到饭点，她熟练地摇动着病床手柄将我支起来，“咔啦咔啦”，一共十二下，我听得真切。她也曾委婉地暗示，其实她可以帮我换内裤。妈妈是最了解我的，我的自尊心上也穿着一条内裤。于是这样的我想到自己尚且二十多岁，并未婚娶，不由得懊恼丛生，满脑子下世的光景，恨自己没有抓紧时间做一个更坏的人。

在我挣扎着换内裤的关头，我有想起大学一起过夜的女孩，想起她穿脱胸罩的手法，想起她伏下身子给我快乐之前，用牛皮筋把头发一把扎起来的利落。那利落使我感动，对她的爱意也多了几分，以至于第二天经过教育超市，我专程买了一盒牛皮筋。这盒牛皮筋作为定情信物，一直没有发挥过我期望的作用，而那个女孩也只在我早晨的梦中出现。那时候由于沉迷游戏，我的脖子已经出了问题，晚上睡不着，白天起不来，日日在昏沉中度过。为了振奋精神，应对一些必要的情况，如考试和打牌，我手腕上常戴着一根牛皮筋，不时弹自己一下，随着痛觉身子一激灵，能想起已经忘却的知识点，以及谁扣着我要的那张牌。

“妈，牛皮筋。”我发现手腕上空空荡荡。

她并没有说话，周边响起一阵翻拣的声音，我闭着眼，隐约感到手腕上给人套上了东西。

“你也好少弹弹了，别弹痴了。”她的话我没有往心里去，反倒冒出了一个不敢深想的念头，妈妈现在是短发还是长发？我并不睁眼。

我把手放在满是消毒水味的被子里面，轻轻弹着手腕，度过这难熬的清醒时光。在接下来一周的时间里面，我主要有了两项收获，更具体地说，是想起了两个人。

我在牛皮筋的提示之下，首先意识到自己脑子里面一直存在一个古老的场景：那是一个开阔明亮的地方，午后的阳光从窗口照进来，一道道的，棱角分明，把地砖上的白灰也烫了起来。我看了一眼自己，过于肥大的白衫与孝麻就裹在身上，走起路来一半都拖在地上，像个小皇帝。而我在这间大屋子里无目的地跑来跑去，并没有人留意到我。远远的，在大屋子的另一边，有一群人围聚着跪在地上，嗡嗡地低声说着什么。妈妈也在人群中，和其他人一样披麻戴孝。

这个场景我小时候曾有过记忆，现在突然又回想了起来。经过严密的逻辑推理，我猜想那大概是一个殡仪馆，大概是一位亲人的葬礼。然而就我记忆所及，并没有什么亲眷过世，每年春节都是满满当当三桌麻将，围城之内只增不减。

我在吃饭的时候询问了妈妈这件事，没想到她一点都不惊讶，一边吹着面条一边说，“就是你太奶奶”，她突然有点高兴起来，“你记性好的幺，你那时候大概就两岁”。

我并不知道原来我还有过一个太奶奶。“我搭你爸结婚的时候，两个人住可庵弄的小房子，其他亲眷嫌我们家房子大，就把太奶奶甩到我们家来咧，”她放下碗，比画了一个一米宽的距离，“我们家当时就那么大。”虽然我头晕，但是知道她这个比例尺是大大夸张了的。然后她像切西瓜那样把比画的距离隔了一半，放在一边：“你太奶奶那时候就住东边那间小房子。”

“就是后来的书房？”我小声问。“就是后来的书房。”她说道。那间书房自我记忆开始墙上就挂了三幅山水立轴，都是爸爸在怀德桥下面的夜市买的，买两幅送一幅。除三幅画外，书房所有桌子和柜子都被我的玩具占据了，成了我童年的疆土、记忆的圣殿。“你太奶奶那时候已经很老了，行动也不便，搬来半年多你就出生了，你两岁不到就走了。”

妈妈继续给我喂面条，叮嘱我慢慢咽，我转头越想越纳闷。“所以我和她一起住了两年？”我睁着眼，然而和她相处的场景我完全没有画面了。“现在还有没有她的照片什么的？”“你快靠好！”妈妈把我又按平在摇起的床板上，“她不爱拍照的。”“身份证上也没有？”妈妈有点没好气地说：“没有的，要是还留着身份证，上回弄牌位的时候你爸会发那么大的火？”去年家中预备将祖先牌位供奉在庙里，问爷爷太奶奶叫什么名字，爷爷居然说他不记得了。

“她欢喜我吗？”我问。

“她后来牙齿掉光了，说话也不大利落，有时候下午我会扶着她坐在靠窗的藤椅上。她就抱着拐杖，笑呵呵地坐着，什么也不讲，看着你在地上爬来爬去，把玩具车在地上推啊砸啊咬啊，有时候看得开心，会自己咧着嘴笑。”妈妈一边划拉着面条一边说，“我觉得她是欢喜你的。”

而我居然把这样一个欢喜我的长辈给忘了，可是她如果欢喜我，大概也是会原谅我的。我所有的童年记忆都是在那间书房独自玩玩具，同样是下午的光照进来，却有不同的意味，而在角落里，曾有对温柔的眼在望着我。想起来，如此“无中生有”一个亲人，心底觉得，竟没有那么孤单了。

我心里感到激动的时候，常常会快速地走来走去，话虽如此，我的意识与身体却不能协调，我只能支起食指和中指在自己的身上走来走去。而这食指和中指的触觉，使我想起了第二个人，那就是徐波。

说徐波之前，不得不提的是，在我上小学的时候，游戏厅进入了广大青少年的生活，小学生当然也不例外。不过游戏厅并不是谁都可以去，那时候虽然还没有未成年人不得入内的规定，但还是有点谈资论辈的规矩，去游戏厅似乎是高年级同学的特权，三四年级的学生去了，也没人带也没人搭理。高年级的同学以出入游戏厅为傲，谈资也多是《拳皇》《三国志》，低年级的我们根本插不上话，只能占据空出来的水泥乒乓球桌，在你来我往之中，“我用草薙京比你厉害多了，我一个大招……”，便接上了一记扣杀。我们心里虽痒痒，其实不敢去，怕被人欺负，也怕被老师和家长发现。而我，素来是个好学生模样，胆子也比较小。同学之间有时嘴上说说要不去游戏厅玩玩吧，我也不应他们。

那是四年级快结束的夏天，我第一次踏入游戏厅。快期末了，还是班里的小矮个丁磊，出了一个主意。那时几乎所有同学都去上周六下午的奥数班，兴许是那回老师有事，预定下周停课一次，知会我们和家里说一声。三点下课后，几个男生，手里拿着维达和雪宝，在太阳底下走，丁磊便和我们说："我跟你们说个好地方。"大家问是个啥去处，丁磊小声说："我哥哥上回带我去了个游戏厅，特别好，币不贵，地方也大，离学校也远。而且我哥哥认识卖币的，能给点便宜。"大家纷纷点头。"这么样，下礼拜停课，我们别跟家里说，去玩个一下午？"大家七嘴八舌地说了不少，有怕爸妈抓的，有怕人举报的，丁磊见势，觉得脸上有点挂不住，便来问一直不说话的我："山哥，你去撒，我请你，我们同学几个一起去。"其他人便齐刷刷望着我，他们心里知道，有个好学生当挡箭牌，就算被抓也有说头。这都是我在床上想象的，小学生有可能也想不了这么多。

"你请我几个币啊？"我问。

丁磊后来那几个月具体请过我几个币，我已经不记得了，我想，大概比他预计的要多了。当时应承会去的大概有十五六个男生。最后第二个周六在第四人民医院后门口集合的时候，等了半天，只来了七个人。我们几个就在太阳底下，一路走，一路商量要用什么角色、出什么招数来克敌制胜，实际上我们根本就没有玩过《拳皇》。我记得当时天气很热，丁磊带头，我们过了富临，上了一座桥，便沿着大运河边一直走，运河上拉煤渣的渡船连成一线，在泥色的运河水中摆荡，在岸上可以清楚看见船上横架着的晾衣杆，以及上面的女人衣物。甲板上间或穿插跑过几个小孩，看守他们的黄狗，对着我们汪汪地吠，继而也在沉闷的汽笛声中远去了。路上的三轮车飞驰而过，屁股后头扬起阵阵烟尘，这都是我们所不在意的。我们过了三堡街，转过毛纺厂，侧边的厂房与宿舍已经很破败了，与低矮的私房连成了成片的里弄。“穿过这边就到了。”丁磊说道。

在这片乌压压的房子背后，再转两条街，就到了新动感游戏厅（好像是这个名，也许是新感觉）。地方很崭新敞亮，还用了落地窗，与周边的环境有些不和。卖币的人靠在吧台边的雪柜上，嘴里一根没有点的烟，短袖衬衫领口敞开着。果然是和丁磊相识的，说昨天还见到他哥，与他谈笑了几句，说今天早上某个人在学校门口被人堵了云云。这都是我们所不在意的，我们只希望他们快点讲完。

实际上，币虽然比原价便宜了，但是后来我们知道还是比外面都要贵的。其他人当天下午都买了好多币，一把一把地往外输，用力地拍打着操作板和游戏杆，有着使不完的力气。丁磊给我的币其实我只花去了一个，因为我当天就没有输过。大家并不敢和陌生人玩，总是内战，几乎是我摆下擂台，车轮迎战。道理说起来也简单，稍微摸索了两下之后，我发现八神的闪身很好用，特别容易接葵花三连，打到腾空再接升龙，新手很难防御。我自己当时自然是不知道这些招式的名字的，都是后来徐波教我的。我那时候只知道正半圈反半圈地搓招，加上手比较快，他们几乎没有破解之法。当然他们也不气恼，依然打得很尽兴，两个人打的时候，五个人凑在背后一起看，解说助威，好不热闹。

等其他人没钱了，我们便准备回家。丁磊说："要不下回再来？"我们都点点头。

天色已经有些暗了，一路走回家的时候我脑子闷闷的，也不知为何，大家脸上都挂着笑容。我这时候才发现自己握游戏杆的地方，也就是左手中指内侧，已经没了一片皮，露出了红红的肉色。好像那时候，我的手上已经有牛皮筋了。

期末考试我考得出奇的好。"奖励一下自己，"丁磊对我讲，"我呢要安慰一下自己。"他拿着卷子笑说。于是暑假一开始，除了偷买几套《游戏机实用技术》钻研之外，我和丁磊每天去新动感碰头。我吃完午饭，一点半左右在床上假装午睡，等妈妈去上班，从窗口看着她的自行车出了园子，便应声从家里出发，还是老路线，富临三堡街毛纺厂，在烈日底下走，也不觉得热。刚开始主要是和丁磊打，后来丁磊说，再这么打，要破产了。"小伙子有点牛 × 啊。"猴子看着我和丁磊玩。猴子就是那个叼烟卖币的人。其实这时候我在新动感已经有点名气了，有时候后面也会站几个中学生看我们打，但上来叫阵挑战的人少。

"又把我 perfect 了。"丁磊有点委屈有点炫耀地说。丁磊让猴子介绍了几个厅里的常客过来较量一下。"切磋切磋嘛，我同学不会给你丢人的。”丁磊见猴子笑着不答，又说，“再说，输了也是小学生输了，不会卸你的面子。”

话虽如此，但实际上没面子的是找来的两个人。第一个大家叫他汗背带，是个初三的，二十六中的学生。之所以叫这个名，是因为他每次来新动感都是穿一件白色的汗背带，短裤拖鞋，走起路来身上的肉一颤一颤的。他非常爱出汗，天最热的时候曾见他拉起汗背带，露出小笼包褶子一样的肚皮，用手捏着给自己扇风。有趣的是，他在《拳皇》里面喜欢用韩国组的猴子，瘦小的个子，飞天遁地。他的打法和他的身形很不同，都是骚扰型，磨血躲着打。如果连段不成，就容易被他抓破绽，一阵撕咬。按徐波的说法，这种打法就是“狗”。起手我输了一盘，转头我改战术放飙出硬直，把他控在地面上之后，他的战法也就破了。“一招鲜”终究有限。

后来又打了三把，他一局也没赢过。游戏机台上都是他的汗，发出一股馊馊的味道。他很不好意思，脸涨得通红。“弟弟蛮来劲的，我请你吃维达可乐。”后来他每次来找我打，都会自己带冰的维达可乐，玻璃樽带吸管，就像入场券，不过遇到徐波后我倒是很少过来新动感了，不知道他有没有找过我。

第二个人，是卧龙桥小学的，高我两级，长得瘦高，姓方，号称西门第一电王。他名气倒是不小，常在新动感走动，颇有些朋友。那天和他玩，后面乌压压站了一地的人。

“别紧张，输了也没事。”丁磊说。我也没空理他。

这个人动作很大，推游戏杆和按键的声音特别响亮，好像恨不得要把机器给扯下来。电王也确实用得好，闪身放大招的时机特别准，居合蹴衔接空中雷轫拳的连段几乎出神入化。但是他有个缺点，他比较爱面子，和小孩子打，就想着一波流吃掉我，越急，就越会有破绽。

实际上打起来，比打汗背带还要轻松。直落三局，最后一把，他心态完全崩坏了，我用电王 perfect 了他的电王。屏幕上跳出“PERFECT”的时候，四下鸦雀无声。他站起身来，谁也不看，一步上去就把游戏机电源拔了。屏幕上一闪，画面收缩成一条白线，就黑了。

“× 你妈。有本事你去跟徐波打啊。”他说完，就回头拨开人群，走了出去。这是我第一次听说徐波的名字，我便记下了。

四下里就热闹起来，当时就有后生说要拜师父，跟我学两招。我说，随便玩玩就好，我不好意思。大家便笑，之后对我也更加客气。姓方的后来再也没来过新动感。

我躺在床上试图回忆起更多关于徐波的记忆，一下一下地，用牛皮筋弹着自己的手腕，然而记忆始终很零散。“妈妈你还记得我有一个小学同学，叫徐波吗？”

妈妈想了一阵，说：“卧龙桥小学那个？”“对对，就是他。你还记得他吗？”

“当然记得啦。”妈妈手里两个玻璃水杯，一满一空，她熟练地将满杯的水倒入空杯，如此往复，听她说可以给滚水降温，“他那时候成绩那么好，我印象很深刻，白白胖胖的一个孩子。你转学过去的第一个学期，家长会上给我们发言，我印象还挺深的。”

“妈妈你记错了吧，他还成绩好？”我笑说。

“那还要瞄，我还问他借过笔记呢。”她肯定地说。

我心里知道，我妈记性是大不如前了，七搭八搭、搞七捻三的事情也越来越多。有次为了给我介绍一个对象，非说我们俩初中就认识，勠力撮合。其实也是那个女孩不够美丽，不然我也希望我们初中就认识。

我很清楚，我第一次见到徐波，那是差不多半年后，2000 年 2 月 13 号，星期天。因为 14 号是周一，正式开学，所以周日提前去学校领书报到。报到领书其实是一件很简单的事情，花不了一个小时，大略是老师希望我们收收骨头，告诉我们开学就有摸底考试，吓吓人。因为这也是我为了学区转学的第一天，所以我特地早一些到了学校，去办公室和班主任刘老师打了招呼，按照妈妈的交代，塞了两张卡给她。她本来坚决拒绝，我便说，如果您不拿着，我爸妈会打死我，刘老师她为了我的人身安全考虑，这才勉强收下了。之后她每个学期都把我的人身安全作为重点考虑对象。

十一点完结之后，我在校门口准备等丁磊。我们之前约好了中午一起去吃肯德基，然后去江南商场的游戏厅玩，说那边是徐波的场子，可以碰碰运气看能不能遇到，不过听说他是个狠人，折断过人手臂。我从河这边搬到了河对岸之后，再去新动感就有点远了。而离新学校最近的游戏厅有两个，一个是中油，一个就是号称本地游戏厅圣地的江南商场。

常州内城过去有一条小河，叫白云溪，明清河边出了几个名人，就吹牛号称本地文脉。中苏关系恶化后，地方上积极响应号召，大肆营造防空洞。因此出于工程需要，政府就把这个白云溪给填掉了。后来，防空洞也就废弃了，改革开放后被改造成一个地下商场，叫作江南商场，里面有邮局、手机店，最重要的是有个游戏厅。

这个商场的地面建筑是一个小公园，公园中央是一个十多米高的铜像，一个裸体女人骑在一匹腾跃的马上，双手举着一把比她手臂还粗的巨大钥匙。后来知道这个雕塑叫《未来属于我》，始终不解其意。这个女子除了圆圆的乳房给当时尚小的我带来很大视觉与心灵上的冲击外，也给我带来困惑：这把钥匙要开的那扇门在哪儿？整个城市都找不到那么大的门。

而我所熟悉的是地下通道的那扇卷帘门。江南商场这个游戏厅是地下车库改造的，因而有着盘旋而下的坡道，往深处盘旋延展。坡道两边，张贴着《拳皇》人物的广告画，特瑞、罗伯特、千鹤，一个个熟悉的人物招呼着少年人，往地下更深处进发。

丁磊那天并没有过来，我等了他好一阵，便自己吃了碗面，一个人摸到江南商场去了，本来我是没有胆量一个人去一个新游戏厅的。他自己也很后悔，因为帮家里看店面，没能见证我和徐波的第一次会面。

下了地下通道，除了顶上花哨的彩灯，四下都黑洞洞地往更深处延伸，地上的水泥防滑条一道一道的，宛如在蛇的腹中行走。下到底，在通道尽头便是一扇大门，门上挂着两条军绿色的大被子，掀开被子，推开门，光线就隔着透明塑料帘子，点亮了视野。面前先是一片台球桌，每张旁边都有几个中年人，手中拿着球杆，在围着台子缓缓打转。他们一声不响，嘴里吐出的灰白烟圈，也绕着汽灯，摆荡开来。

再往里面走，才是游戏厅的所在。

“我买一个币。”我说道。

“我们这儿都是三块钱十个币卖的，没有办法单买的。”柜台上的伙计说道。他抖动着手里的小塑料筐，里面哗啦哗啦的是准备一把卖掉的币。

“我不需要那么多币。”我觉得自己说话可能有点张狂，便补充道，“有需要我会再来买的。”

“五毛。”他没好气地说。

报到第一天，又是周末，因此游戏厅里的人尤其多，我这个转校生谁也不认识，便自来熟地找空位置坐下。这个位置很好，操控板也相当新净，我便投了一枚币拿计算机练手。我一贯最熟悉打饿狼传说队，每次都拿他们开刀，自己也有一套熟悉的连招克制他们的特色攻击，基本上可以整队perfect他们。

和以往一样，打着打着就有人围着看，打着打着就有人上场挑战。新到一个地方，还不知道这一片的水平，我自然也十分小心。第一个上场的人大概是个中学生，我也没仔细看他的脸，只是听到他坐下起身的时候腰间那串钥匙的摩擦声。

“你用八神还可以，要不我用饿狼队和你玩玩？”

“行啊。”我答道，心里想，你没看到我怎么打的吗？出奇的是，四下里面看热闹的人都不敢出声。

真正打起来，他和其他人不一样，一般人隔了老远就开始搓招，他气定神闲，站在原地一动不动，等我出招。

这招一出，就结束了。三盘中，除了每局起头我有出招之外，都被他无限连到死，被打得几乎没有从空中落下来过，即便到了地下也是昏厥状态。到了第二第三盘，我手都已经脱离了操作盘，放在自己膝盖上，转过头看着他。这时候做什么都没有用了，被完全破防后只能任他宰割。他依然面无表情地打，屏幕闪烁的色彩映在他线条明朗的脸上，如同往事历历在目。

屏幕上大大的“PERFECT”字样打出来的时候，我一句话也说不出来，只觉得委屈。“再去买三块钱的币。”他说道，很平淡的语气，好像不是命令，而是一种事实陈述。边说，他边腾出手来挠了挠自己的耳根。

实际上这个下午我买的币远远超过三块钱，这也并不是唯一反常的事：看热闹的人是越来越少了，因为没什么可看的了。

在几乎试过所有的组合和人物应对之后，还是没有胜算。“你就是徐波吧？”我问道。

他转头看向我，有点意外，看上去总是眯成一条线的眼睛似睁非睁，带着浅浅的笑意：“你坐了我的位置，我还以为你是专门来砸场的。”

“我随便坐的，我真不知道。”我解释道。

“我刚刚还在想，这人上午转学过来，下午就来给我不好看，有点意思。”

“你认识我？”虽然被打得屁滚尿流，但是我还是有点惊喜，“我打《拳皇》这么有名了？”

“娘屁的你歇歇吧，就你那臭水平。我和你同班好哦？你今天上午自我介绍的时候我坐最后一排。”他摸了摸耳根，“垃圾桶旁边，靠后门。”

“哦我知道了。”其实我根本没有印象，“既然是同学，要不你教教我怎么打《拳皇》？你那些连招是怎么弄的？我看你也没怎么复杂操作。”我忙问道。

“一天三块钱，我就教你。”钥匙哗啦哗啦的，他站起身，“别和老师讲啊，我也差不多要走了。”他望着远处，我一度以为他在和别人说话。

我转过头，看到台球桌后面有几个初中生模样的人在等他。

丁磊曾和我说过，徐波和他哥哥那帮人，是运河边有名的“雇佣兵”，城西城东要“打仗”，常能听到他们的名字。徐波打架虽然厉害，不过据我了解，他最爱的还是打游戏。他看不上截道抄人书包的那帮人，“没出息”，他说道。这样的观点导致的结果就是宦囊羞涩，加上他又偷偷抽烟，打游戏便没有买币的钱。其实徐波打《拳皇》不必用到很多币，不过他自然也爱玩其他游戏，比如《名将》《西游战记》乃至各种飞行射击游戏，这些都非常费币，于是有我这个徒弟便好了很多。

当然我每天的零花钱也不多。不过为了和徐波学连招，咬咬牙，早饭只吃一个花卷，下午的小馄饨也戒了。

除了节流，也要开源。由于班上的同学对于《拳皇》游戏和其中人物的热爱，我也开始动这方面的脑筋。我开始根据那些广告画和漫画书，临摹《拳皇》人物，因为一直有在学习素描和国画，算来功底还是不错。每张A4纸大小的画可能需要画一个小时，五毛钱一张，卖给班上有钱的同学。班上的同学很稀奇，销路竟然很不错，每天在学校把作业做完后，回家画三个小时。

不过很快我大段时间地突然作画，引起了妈妈的注意。在她笑嘻嘻的询问之下，我一时得意透露了自己的商业机密。于是她脸色一变就没收了我的全部赃款，以及一系列的作案工具。不务学习正业，这是她对我的评价。

在这样的经济危机时期，我开始在家中搜肠刮肚起来。工具箱里面、鞋柜上面、书桌抽屉里面、买菜塑料袋中、茶几下面、阳台窗沿，这都是我发现过零钱硬币的地方，有时候是一分五分，运气好的时候是绿色两角和棕色五角的纸钞，皱皱巴巴的，都是我寻宝的发现。

我曾经发现过几个小而薄的方袋子，撕开包装是透明的橡胶兜。臭臭的，又黏不啦叽，我觉得莫名其妙，便随手丢在地上。睡觉到深夜，突然被爸爸摇醒，拿着那个臭臭的塑胶兜问我，是不是我玩的。我迷迷糊糊见他脸涨得猪肝红，吓得不敢答。他更加高声地吼着问了一遍，我远远见到妈妈坐在沙发上不说话，愣了一下，便承认是自己掏拨出来的。

后来这件事就偃旗息鼓了，没有人再提起。不过结果就是他俩把家里重新整理了一遍。很快，我就发现自己家已经出奇的“干净”了。没法子，我便开始随手掏一下我爸的公文包、妈妈买菜的编织袋，搜罗可能遗漏的零钱，有时爸爸妈妈支我去买油盐，趁乱也能揩油一些。

徐波并不知道这些，而我们每日中午在江南商场碰头。我们会快速地将学校食堂的午饭吃完，借口回家，在游戏厅碰头，趁着大家午睡，我们有一个小时的训练时间。再后来，我们越来越入迷，放学后也会在爸爸妈妈五点半下班前凑出一个小时来训练，当然徐波的话几时回家都是没有所谓的。

他有时候也不是那么介意我交给他的学费不够。他见我摸出一堆五分一角的毛票，就眉头一皱冷笑着说“算了算了，我都花不出去”。

徐波他有他自己的办法。因为徐波妈妈家比较靠近郊区，有时候他周末住他妈妈家，就会去郊区的游戏厅买一些较为便宜的游戏币，然后周中去江南商场花掉。但是这种办法不能大量使用，不然容易被老板察觉。于是徐波又教了我第二个办法。

那天我俩在江南商场正玩着《三国战纪》，打着打着自然就没有币了。他用的关羽死了，而画面暗了一边，忽绿忽黄的倒计时在跳动。他便站起身来，朝着柜台大摇着手。

“老板，机器坏了！”

此时老板正在看 VCD，像藤椅上嵌着的一摊肉，循声抖动了一下。只见他朝一个精瘦的青年努了努嘴，那人便慢慢悠悠，转入后面房间，拿了个工具箱向我们走过来。

“×，又坏了。”

“投币没有反应，”徐波说道，“投了几次都是跑出来。”他晃着手中的游戏币。

那青年就不耐烦地把机器拆开看了看，反复测试了一下拨片。“没问题啊，你再试试？”

徐波便投了个币，果然有效。“麻烦麻烦！”徐波从口袋里面掏出一根烟。

“这么客气……”那人嘴一咧，又多弹了几下拨片。

趁他走后，徐波说：“老式的游戏机基本上都是这种长长的弯槽，下头是一个拨片，游戏币滚下去，触动拨片，就算投了一次币。他这样搞一回，等于咱们白得了好几个币。”徐波和我挤了挤眼睛，“而且他一开机器我就知道这台机器里面的轨道形状了，这样，回头找根钢丝，就可以钩拨片了。”

我们通过这种有关拨片的办法通关了许多款游戏。

不过对于我们俩来说，最重要的当然还是《拳皇 97》。徐波那些无限连的技巧，我后来才慢慢了解到是一种叫作目押的高级玩意，也就是在一套招式过后，对方落地或者起身的瞬间，抓住那几十分之一秒的特定帧，不早也不晚地释放第二套招式，就可以将两套招式连起来，打破对方防御的机制。虽然说起来容易，但做起来难，做得要像徐波那样行云流水，就更加费事了。

最初的一段时间，徐波就只让我用他选定的两招，练习其中的日押，了解那特定的节奏感，不论是与计算机打还是和他打，都不允许我用大招，只能靠这两招。

“这段时间你不要和路人打了，和一般人打，你根本用不上目押就能赢。”徐波说道。和他对打的时候，他也只用目押来连段，帮我练节奏。

慢慢的，特定的几个连招的目押我已经比较熟练了之后，他教我如何强制取消、强制转身，如何打绿字判定，如何防反。

过去的我，仗着自己手快脑子快，能够打赢大多数的玩家。“不过一辈子也就那样了。”徐波说，“你要提高，就要见世面，还要自己研究。”

徐波说他小学一年级就进游戏厅，那时候他开游戏厅的表姐夫还没追上他表姐，平时见他过来，就抓一把币给他，将他支开。那时候他就站在凳子上打，也没有人来说他。长时间泡在游戏厅，就打出了名头，他的表姐夫后来还带他去上海参加过一个地下的比赛。

“被打出屎来了。”徐波笑着说，“他们家都是高中生，妈的，我那时候就只有一米三。”他比画了一个一米三的高低，把自己比得也就一个热水瓶那么高，和我妈妈一样夸张。

徐波在江南商场的时候，经常遇到远道而来挑战的，但是他通常就说自己最近不玩《拳皇》，只玩《恐龙快打》了，可以一起合作打通关。这当然是敷衍的说法。实际上他之前也应过一些挑战，对方毫无还手之力，对他来说，既浪费时间又浪费币。无人挑战的时候，他便自己玩，用一些冷门角色，实验一些新的战术和玩法。我有时也经常站在他身后看，一半看得懂，一半还不懂，看懂的那一半觉得热血沸腾，看不懂的那一半就觉得匪夷所思了。

我慢慢地越来越喜欢看徐波玩这个游戏，感觉徐波玩的和我玩的《拳皇》根本不是一款游戏。

有天我就这么看着，旁边便来了一个中年人，一起站着看。我们俩就这么站着不出声，看了约有二十分钟。徐波钥匙一哗啦，正要站起来，那人便开了腔："上次我来找你打，你说你不打《拳皇》了。你今天又开始打了对吧？我们现在就来打一把。"

说完便坐了下来，要和徐波打。徐波笑着说："今天就算了吧。我一会儿还要上课。"

那人拿出游戏币就开始投币，进入游戏画面开始选人："就今天。"

"想今天打也可以。"徐波笑着，起身把我推上座椅，"你赢了他，我立马就和你打。"

徐波顺便拍拍我的肩膀，小声说："只准用目押。"

那人看了看手表，便勉强答应了。

接下来一个星期，这个中年人天天在江南商场和我打，指望能和徐波打上一盘。不过他实际上一局也没赢过我。这件事情的直接后果就是，有个流言传开了，徐波和他的徒弟在江南商场摆擂台。

慢慢的，江南商场的生意因为我俩，或者具体来说是我和周边游戏少年的车轮战而红火了起来。每到放学后，江南商场那卷帘门外，东倒西歪停满了各种自行车，有的人也不尽然是来挑战的，有的是为了看热闹而已，不知道这当中有没有汗背带和那个方电王。

事实上我从没有让徐波出过阵，他在一旁坐着玩其他游戏，通常看也不看。甚至很多人都围着我，不一定能够注意到他。有时候朋友来找他，他便跟我吹个口哨就走了，他对我的技术非常信任。这个“守门员”，我一直当到了六年级入学前的那个暑假。

六年级的第一个学期，在我身上发生了两件重大的变化。

第一是成绩的巨大滑坡。过去一直是学习委员的我，成绩逐步跌到中游，上课也没心思听老师说，在课桌里面看着游戏攻略，即便是书被没收，我的手也闲不下来，不停在课桌里面悬空操作着那并不存在的游戏板。刘老师因而还特地家访过几次，暗示我这样的成绩要择校的话，是很难的。妈妈当时让我转学就有凑学区的意思，如今经刘老师一说，更是心急如焚，除了好生打点刘老师之外，也开始每日晚上陪着我做作业，这也极大压缩了我的自由时间。

第二是我一个假期长高了十公分。同时，不论是电视还是我们的身体，都教会了我们一些原始的道理。中午午休的时候我们几个不回家吃饭的男孩，会去住在学校边上的同学家玩，其目的就是电视上一点档的“菲格帕斯”丰胸内衣广告。这个广告片奇长无比（而且中间没有其他广告），里面的中外模特穿着蕾丝内衣，怀着喜悦的心情搔首弄姿，这对于年幼的我们，是一种巨大的心灵冲击，点着了过去没有的一团火。看着看着我们相互之间会取笑同学的鸡鸡有没有变大变硬，一边扒人裤子，一边闹成一团。其中有个男孩，隔一段时间就在放学后招呼人过来，在教室角落里脱下裤子，给我们看他新长的卵毛，“又长了一根！”虽然他作势捂着嘴，并且压低着声音，但他激动得喉咙都带颤，好像有一份隐秘的宝藏要与我们炫耀。其实我的比他的长得快多了，但是我不好意思说，因而也没人知道。就像也没人知道我会打游戏机一样。

那年冬天的时候，徐波来江南商场的时间在减少。常常是我像值班一样，中午下午都在。这段时间里面，我也认识了不少游戏场的朋友，有些甚至从溧阳赶过来，要和我打一场。

“他们现在都是来找你的，”江南商场的胖老板说，“都少有人提徐波了，都说找蒋山。”我并没有理他，他其实说过多次，希望我能更多时间待在江南商场给他们做招牌，以后考出去了也要经常回来玩。

“妈妈，我小学的时候，你们是怎么知道我去游戏厅的？”我小声问她。

“你啊，那辰光混账透佬，还偷你爸的钱，明明是手伸进他的包，被我喊住了还跑，追回来还要撒谎说是想拿报纸看。”她接着说道，“刚开始只以为你是买那些干脆面，也没留意。你记不记得你们那个班主任？后来还来家访，我们才知道。”

“和谁去的？”我继续追问。

“我怎么记得？就那些狐朋狗友。”

“有没有徐波？”我说。

“说了不记得了。肯定不是徐波，你那时候天天说成绩要超过徐波，他怎么会去游戏厅？我都记着呢。”她几乎是拍着胸脯肯定地说。

经过我妈这么一说，好像确有喊去学校的事。不过我记得徐波也在。

打擂台的时间太久，总有几个本校的同学知道，围观久了，就把我和徐波认了出来，举报到了老师那里。我并不清楚这种举报有什么意义，我们的成绩也不算拔尖，没有什么竞争的必要。

总之有天下午上美术课前，女班长得意扬扬地挺着她那并未发育的胸脯，站到讲台前，厉声说道：“徐波蒋山！刘老师让你们马上去她办公室报到！”

我和徐波不明所以，便赶忙去了办公室。到的时候，刘老师正在吃橘子，那青皮撒了一地。见我们到了，手上尚攥着两瓣橘子，便翻着眼睛撇撇嘴巴，抽了一张纸巾，将那两片橘子包好。

“你们过来。”她说道，我们便碎步凑近了些，“徐波，你说你这次是第几回被我抓住了，啊？”她并不看我，眼睛尖尖地刺着徐波。

徐波不答。

“你自己不要好就算了，留级不毕业，没人来管你，你自己要的呀。你现在去游戏厅，跟外面混，还要带坏班里的好同学，你想做哆？”徐波还是不说话，好像被催眠了一样。

“昏了你的头了。”刘老师继续用手指戳戳他，“还有你看看你，穿这种带链子的牛仔裤，拿社会上的那种风气，带到学校里面，影响其他同学。”

刘老师指指自己桌上的电话机：“让你爸来一趟，你自己打电话喊他。”

“他手机停机了。”徐波压着声音说道。

“那你就把他给喊过来！现在就去，他人不来谁都不会走的。”刘老师手指着门外，这时候正有一个年轻的女老师拎着浇花的水壶，从门外进来，斜着眼睛望了我俩一眼，便站在座位边给窗台上的绿植浇水。

徐波愣了一下，便转身出门了。

那年轻的女老师说：“这小孩之前没见过。”

“好学生哇，之前还是学习委员。”刘老师说道。“是吗？”那女老师心不在焉地说道。

我和刘老师四目相对，她放缓了声腔：“坐吧。”

我几乎是颤抖着坐在了板凳上。刘老师拿出那两瓣橘子，分了一瓣给我，我不敢接。她一只手将一瓣橘子箍在嘴里，一手抖动着另一瓣。“吃啊。”她嘴里哧咕哧咕地说道。

我便接了过来，小心地一丝一丝吃起来。

“本来是要喊家长过来的，我想你爸妈单位都忙，就算了。”她说道。

我轻轻点头。

“你妈妈千叮咛万嘱咐，你是要考外国语学校才转来的，千万不能有差错。我们几个老师也都蛮看好你的。实话实说，对你好不好？”我又点头，“你自己不能瞎来啊，跟徐波这样垃圾桶边上的人，有什么好混的？还打擂台，脑筋里都是浆糊啊，这种关键时期，一定要抓紧。”

我继续点头，那橘子也吃不下了。

“这事，我先不喊你爸妈过来，不过，如果你继续这样不要好，我就要家访了。”说最后一句话的时候她特意瞪大了眼睛，说完，她拿出一堆作业，“你也要收收心，把脑子放在学习上知道哦？把这次的练习照着批一下。”她几乎是命令的口吻。

这个下午我就一直在批作业，刘老师就在一旁看报纸。我把作业批完的时候，徐波的爸爸还没有来。后来听人说，快放学的时候，徐波几乎是被一个高大男人夹在腋下，带到学校里来的。

这桩事，再加上偷钱被我妈发现，最终导致爸爸拿衣架好生打了我一顿，我有一段时间就不敢再去游戏厅了。我至今还记得，我爸对我说去阳台上拿两个衣架过来时的平静语气。

虽然没有再去游戏厅，刘老师还是来家访了。她不情愿地说出我去游戏厅的事，爸妈自然是赔着笑让她多管教，好生招待了一番。

之后我每个周末都要去刘老师家补课，她那小房子里还挤着其他班的同学，大家围圈坐着，像个小饭店一样。

我的成绩回升了不少，这遂了许多人的心愿，不过我写着写着作业手指还是会不自觉抖动，好像一种瘾头犯了。妈妈也留意到这个情况，看到了就用尺子打。为了增强对自己的控制，我就开始在左手手腕上长期套上牛皮筋了。瘾头犯了的时候，就用皮筋弹自己一下。

随着课业紧张，教室里面的氛围变得愈加严肃。教室内分为两拨人，一拨是准备毕业之后考择校考试的，一拨就是随便毕业然后就近读中学的。显而易见，后者是大多数人，不过气氛确为老师和前者把持着。过往的时候，在学校里，我和徐波的交流本就不多，如今我不去游戏厅了，他也更加沉默，好像坐在了垃圾桶里面，上课的时候托着下巴看着讲台，也不知道在想些什么。在这种情景下，老师常让他在最后一排站着听课，他那没有精神的样子，甚至让我怀疑他是不是像别人说的那样会打架。

同学们也和过去一样把他当作空气，好像他从来没有存在过一样。

我可以下床之后，就会去医院的理疗室做理疗。理疗分成两步。第一步，我坐在椅子上，身体靠在一个可升降的架子上。架子上垂下一个布带缠住我的脖子，慢慢升高再慢慢下降，提拉我的颈椎。在高点的时候，会有种上吊窒息的感觉。第二步就是躺在床上，腰上缠着安全带，倒吊着往后拉，身体此时会感到在中间部位被扯开来了。我跟我妈说，有种五马分尸的感觉。

“呸呸呸，别乱说，”她急得要跳脚，“小孩子瞎说八道。”

主治医生再和我见面的时候，和我说我快可以出院了。我听到的时候大概是高兴的，又有一点不高兴。由于睡觉的时间太多，好多事的细节还没回忆完呢。

他似乎看出了我的一点困扰，便问："你好像不是很高兴？"

"我主要就是有个问题，我最近回忆起了很多小时候不记得的事情，有一些也和我妈的回忆对不上号，可她肯定自己没记错。我在想，是不是我的脑子晕坏了。"

医生笑说："也可能是你妈妈记错了，也可能是你记错了，又或者你们两个都记错了。都是有可能的。人的记忆啊就像抽屉，其实一直在那儿，并没有消失，你想不起什么事，不过是找不到钥匙，或者插错了孔而已。关键是钥匙。"

关键是钥匙。

我的求学经历中，有过很多同学，在学校里面被老师和同学当空气一样的存在，甚至之后的同学聚会，都没有人有他们的联系方式可以邀请到他们。其实，根本也没有人想到要邀请他们。而徐波是他们中特殊的一个。在回忆中我能想到的钥匙应该就是江南商场游戏厅的老板了。

我记得，也可能是我愿意记得我曾经与他发生过有关徐波的谈话。我应该有一次在超市买东西时遇到了那个胖老板。

"你怎么最近不来了？好多人找你。我都和他们说，你过几天就回来。"他说道。

"我今年要考初中了，可能不会来了。"我答道。

"别这么极端嘛，现在素质教育都说要寓教于乐，练练反应，还是有好处的。"胖老板赔着笑说。

"徐波不是会去嘛，让他过去打就好了呀。"

“现在的人都是指明要找你啊。我也看你们各自打了多次，我觉得你的水平现在比他高了。”

“不会吧。”我心里也有些高兴。

“真的，那些和徐波打过的人也这么说。而且那个臭小子最近老是赊账，我也有点烦他。”老板没好气地说。

六年级第一个学期结束的时候，我期末考得特别好。妈妈一高兴，便答应了我寒假买一套《拳皇》漫画的要求。这也是我心心念念一直想要买的，虽然已经不玩了，还是想要望梅止渴一番。“买了漫画，补习班的功课可不能塌了。”妈妈一边从钱包里掏出两百块钱，一边和我补充道。

那时候没有网购，买整套的漫画都要去邮政汇款，汇到漫画杂志的指定账户才行。于是寒假第一天，我便往江南商场的邮局去汇款。

那天天气很冷，是江南冬天那种特有的湿冷，又刚刚下过雨，真是冷得侵肌消骨。我围着大围巾，戴着帽子，手里提着一个塑料袋，里面是一个钱包，装着两张灰色的人民币。

出于一种鬼使神差的心理，我有种强烈的感觉，徐波就在江南商场的游戏厅里面。于是我没有先去邮局，而是下了游戏厅的地道，“先去看一看”，我对自己说。

掀开那军绿色的被子，里面比外头温暖许多。因为是寒假，人也比以往多了不少，声音十分嘈杂，那些打枪的电音、跳舞机的鼓点，密密地垒起来，随着人们的声浪滚滚而来。

如我所料，徐波果然坐在他的座位上。

我走过去，他正在菜单界面。他见我过来便说：“选啥队？”

“我今天不一定打了，我就看看你打，好久没看你打《拳皇》了。”我坐下来，把包放在机器上。

“你真戒了啊？”他问道。

“真不玩了，我要考外国语，不能分心。”

“×，”他骂了一句，“你们都是考第一名的好学生，不像我们这些差生，不要好。”

“我没有这个意思。”徐波这个时候已经选好了人，准备开始和电脑打。

“那你还来干吗，看看后进同学的情况吗？”他敲击游戏板的声音很大。

“我就是觉得你今天会在，想来看看你。”我压着声音说道。

“我们每天在学校见面，没必要看了。”说着他就开打了，没有再继续对话的意思。

我在他旁边坐了半晌，觉得自己大概是个不受欢迎的人，便讪讪地走了。

我往邮局走的时候一路上都是蒙的，好像脑中藏着一个倒计时的钟，嘀嗒嘀嗒。

到了邮局，自然是要办正经事。我凑近柜台问阿姨要了一张汇款单，然后来到侧边的长台，正准备动笔，却发现自己装钱的小塑料袋并不在身边，自己两手空空。猛然回想起来，可能把塑料袋放在游戏机旁边了。

从邮局绕回到江南商场的游戏厅入口，需要绕过整个江南商场的公园，我几乎是一路小跑着往那边去，心中万分不安。虽然我想徐波有可能会帮我看着袋子，但另一方面，心底也有另一个声音。

到江南商场游戏厅的时候，我赶忙回到徐波的座位，却发现徐波已经不见了，坐了一个陌生的人，他一头黄发，正叼着一支烟，对着屏幕，用八神释放着招数。

“你有没有看到这边刚刚有一个袋子？”我问道。

他依然目不转睛地看着屏幕，在四周强烈的光线下，这个角落反而显得有些幽暗。我只看见游戏机上花哨的光在他无表情的脸上跳动，大概过了好长一会儿，他才淡淡地说了一声，没有。

“就是一个白色透明的袋子。”我接着说。

他斜着眼睛，快速地瞥了我一眼，一脸不耐烦：“没有没有！烦死了。”

我便不敢再问，接着就去胖老板那儿打听有没有失物招领。“没有，有我就告诉你。”他说道。

“看到徐波是什么时候走的吗？”我问道。

“他今天有来过吗？我没注意啊。”老板也有点诧异。

我还是有些不甘心，继续在游戏厅内四处转着，在这些热闹、认真的脸庞中找寻一点点微薄的线索，所有人视我为无物，沉浸在自己的欢乐之中。

他们并不知道这个一脸木然的少年，每天只有两块零花钱的少年，刚刚丢了两百块。他们不知道他已经期待这一套有关特里、八神的漫画好几个月了，不知道那一套书已经近在咫尺了。他们也不知道，今天的他失去了一位最私密的朋友。

因为丢钱这件事，爸爸妈妈要我写检讨书，检讨自己粗心丢钱的过失，引以为戒。我不想他们知道我是因为去游戏厅丢的钱，不想让他们知道我又去游戏厅了，而且，还和徐波这样的差生是朋友。同样的，我也不可能让刘老师来帮我丢失的钱主持公道。我只能假装什么都没有发生。

接下来的半年时间，是我读书最用功的时候。而在这半年中，我没有主动找过徐波说话，他也没有找过我说话。我们两个虽然在同一个教室内，但却像在不同的空间。

我出院的时候，医生对我特别客气地嘱咐，切忌久坐，坐四十五分钟就要起身拉伸一下，平时要多运动，也要注意看书姿势云云。我当然是满口答应，妈妈则是认真地点头，又把医生的话在口中念念有词地重复了一遍。

我出院之后，在家休养了两天，就有些闲不住了。那天是一个下雨天，我记得医生曾特意嘱咐我在气温变动的时候注意保暖，因此实际上是不应该出门的，不过就像丢钱的那一天一种奇特的预感在影响我一样，我鬼使神差地去了江南商场。

以前的那路公交车已经变成了BRT，据说之后造了地铁，BRT也要拆掉。省得麻烦，我就自己走去了江南商场。

走下那长长的通道之后，我发现四周的《拳皇》海报早已经没有了，只剩下转弯的指示。我越往下走越觉得奇怪，气氛与我记忆中的游戏厅很不相同。转眼我就见到了一个停车场岗亭。

“你找人还是停车啊？”岗亭的工作人员从窗口探出头来问我。

我说：“师傅，你知道这里以前有一个游戏厅吗？”

“游戏厅？没有没有，你肯定搞错了，这里一直是一个停车场。”他肯定地说道。

“这里原先是一个游戏厅，属于江南商场的，这边原来是大门，隔着一条军绿色的被子和透明塑料帘子，里面就是游戏厅，还有台球桌。”我手舞足蹈地说着。

那个师傅似乎被我逗乐了，整理了一下帽檐：“小伙子，你肯定搞错了。我来这边都快十年了，哪有什么游戏厅？你快回去吧，这里车来车往的，不安全。”他耐心地和我说。

隔着岗亭，我看到他背后那巨大的停车空间，那整齐划一的柱子和方正的停车区填满了视野。确实，确实是一个停车场。

我正准备转身走，突然想到一个问题，就转过头来问道：“师傅，你知不知道这里几十年前是一条河啊？”

我其实并没有期待答案，这个师傅被我刁难太久了。这个问题，其实是一个抗议而已。

毕业考试之后，一般的同学都已经回家放假了，少数一些准备择校考试的同学留在学校一起自习，老师也会给一些单独的指导。留下的这么十个左右的同学中，大半是要考外国语的，他们互相讲述着自己听闻的有关外国语的校花的故事、食堂的特色、运动课和小语种课程，讨论着花哨时尚、贵族范的校服。

这些讨论使我厌烦，有时候就会在自习期间在外面走走，去河边的小花园坐坐，看看运河看看那些货船发呆。

那一年的夏天，江苏发了大水，早先时候就已经雨水纷纷了。那天我在安阳里一带闲逛，突然就下起瓢泼大雨，没有带伞的我只能在屋檐下躲雨。雨水像珠帘一样，直直地落下来，没有要停歇的意思。我想，也许要下很长时间吧。但是，下午，我还有规定的任务没有完成，还要继续去教室做习题。正当我犹豫要不要从大雨中冲回学校的时候，一把大黑伞，遮住了我的视线，是徐波。你怎么不在学校里看书？他问道。我心平气和地回答说，想出来走走，散散心，突然就下大雨了，也没想到。他笑着说，我们的暑假都快结束了，你的暑假还没开始，我说是啊，也没有办法。我们两个人沉默着站在屋檐下，看着雨水降落，也不知道说些什么，过了好一阵，我说，徐波，要不我们去江南商场吧？他说，好。

我们两个人一起撑着把大伞，在雨中前行。由于雨太大，这把大伞也做不了太多遮挡，我们的裤管、袖子，都已经湿透。虽然这时候，我们保持沉默，但是，在这沉默中，有一种令人热血沸腾的东西。在毕业之前，我想赢一次徐波。江南商场并没有很多人，那长长的、蛇形的通道里，黑黢黢的，到处都是滴水的声音。我们脚下能看到路面上的雨水，顺着那不平整的路面，向下冲刷。

那张军绿色被子的底端，也已经湿透了，隔着透明的塑料帘，我们能看到江南商场的游戏厅，依然开着。

进门之后我们发现整个游戏厅的地面几乎都灌满了水，到脚踝那么深。这时候胖老板和修机器的瘦子两个人站在水中，一起清理堵塞的出水口。

几乎所有的机器都暗着，也没有其他玩家在，里面出奇的安静，只能听到人在水中走动那哗啦哗啦的水声。

“老板，买一块钱的币。”我说道。

胖老板像在看外星生物一样看着我：“这种天气玩个屁啊。今天雨这么大，我们也准备早点家去了。”

“老板，我们俩都要毕业了，也帮衬了你好久生意，这回我们最后打一次，估计以后也没什么机会过来了。”我看了看徐波，他也笑了笑。

老板愣了半晌，叹了口气，说道：“皇城对决啊你们？”

“就随便玩玩，就打打游戏。”我说道。

老板苦笑着摆了摆手。

他领着我们，给我们开了一台角落里面的机器。由于那台机器在半高层的位置，所以不会蹚水。

我们俩坐在椅子上，我却有点舍不得开始：“我问你一个问题啊。”

徐波说：“我知道你要问啥，别问了。你都说了，就打打游戏。”他爽快地开始选人。

我听了之后，居然觉得十分安心，便真正投入到游戏中去了。

虽然游戏厅里面冷气很足，但我依然打得大汗淋漓，好像在太阳底下暴晒过一样，T恤衫变得又湿又沉重，人都压弯了。而我打着打着就不自觉地屏息，一度几乎要把自己憋窒息，因为战况千变万化，几乎没有时间来做别的事，甚至是呼吸。我慢慢感到脊背每一块肌肉都僵硬起来，但不舍得动一动，怕影响了自己的手感。

徐波也好不到哪里去。他原本皮肤很白，打着打着也满脸通红起来，过去从没有见过他这样。

我们保持着你赢一局我赢一局的节奏，以至于最后老板催我的时候，我都忘了我们已经打了两个小时。

“再来一局就好。”我和徐波同时对胖老板说道。

这最后一局，我们都耗到了最后一个人，我们用的也都是八神。我起手宵风被他完美 block，然后快速目押接葵花抓到他两下，他闪身向后便接一记地飙，把我定身后，便拉开了空间。我们隔着一段距离互相放波试探，然后是我耐不住性子瞬移近身，却被他首先判断出了位置三连葵花，打到腾空。这时候只见到他人物一闪，我就知道他要放八酒杯了。一道蓝光闪过，我就中了他的八酒杯，又接连三个跳 CD 打掉了我半管血。此时他想要一鼓作气吃掉我，我便卖个破绽故意让他宵风，正当他要连段的时候，闪身到他背后一发蓝火升龙，然后接八稚女，我便把血量的差异又给平衡过来了。接下来的时间我们由于太过熟悉，都无法顺畅使出熟悉的目押连段，只能在不断的互相搓摩中蹭对方的血量。我知道他要出什么招数，他也知道我要出什么招数，要么因为防备使不出，要么因为快如电光石火而防不住。在一段连续蓝火升龙的互爆之后，两人各后跳一步，到了画面两端。

八神互相都是干血，最后的情况也明朗了，一招制胜。然而我们两个人都没有动手，画面中的两个八神随着呼吸极轻微地抖动着身体，背景中的观众反而更加活跃。两个八神这样对视着，只有计时器在一秒一秒地跳动。

在几乎同一个瞬间，两个八神突然瞬移冲向彼此，使出了相同的一招：葵花。

画面突然红白红白地慢动作闪动起来，胜负已分。其中一个八神向后跌倒，而另一个八神站在原地，捋着头发，狂笑起来。

我赢了，可能出招只是比他快了那0.1秒。

徐波的手从游戏板上移了下来。“牛逼的幺。”他说道，把手伸进牛仔裤口袋里面掏摸。

“运气好。”我说道。

他拿出一根红塔山，叼在嘴上，继而用打火机点上：“你会不会讲话呀？光运气好就能赢我，看不起人。”

我笑笑，也没答他。

“几号考试啊？”他问道。

“三号。”我说道。

“那你可得加紧复习。”他嘴上的烟头顶端突然亮了一下。

我点点头。

“你赶紧问老板借把伞，回学校收拾收拾回家看书吧，估计雨小不了。”他说。

“你呢？”

“我现在已经放暑假了啊，”他朝我挤了挤他的小眼睛，

“我再待会儿。”

我笑了笑，顺便把口袋里面剩下的币，都给了他：“以后少抽点，小心得癌。”他笑着答道：“放你妈的狗臭屁。”

走的时候我和胖老板打了个招呼，他招呼我读初中也还要常来，我敷衍地应了他一句。

到门口的时候，我回头看了看徐波所在的位置，黑黢黢的，只能模模糊糊看到一个人形，却有一个亮点，忽明忽暗。是他的烟头吧，我心里想。

那场大雨一直下了半个月，常州许多地方都淹了水。爸爸因为是记者，要报道灾情，都在外面跑，一连好几天没合眼，拢共发了十七篇报道。他的这种“壮举”在给他带来一枚“抗洪英雄”奖章的同时，也迅速诱发了他的阑尾炎，让他住了院，继而在家休养了一段时间。在他休养期间，他告诉我，江南商场因为地势低，淹得最厉害，“就像一条河一样”。

妈妈给我预约的复诊时间就是明天，今天她特意去菜场买了好些菜回来，说吃得好点，明天复诊的结果也会好点。

妈妈买菜回来的时候，我正在看火箭和勇士的季后赛。

“你猜我遇见了谁？”她进门就笑嘻嘻地说。

比赛打得激烈，我目不转睛地盯着电视，敷衍地问了一句：“你同学？”

“不是，是你同学的娘。徐波，你小学同学徐波的娘，你住院的时候不还念叨他吗？”

我瞬间就把视线移了过去。

“你们之前认识？”我问道。

“当然认识啊，你那时候不是和徐波是互帮互助小组的嘛，我们俩在家长会上就常交流，我也让他们家徐波多带带你学习，不让你老往游戏厅跑。”她说道。

“他带我学习？”我几乎要笑起来，“你没搞错吧？就他那破成绩。”

“你是一直看不上人家，”她顿了一顿，语气稍稍缓和，说道，“不过今天我看她也有点不顺眼。”

“怎么了？”

“她嘴上说你们家蒋山怎么样还调皮吗什么的，好像很关心的样子，其实就是想让我问她他们家徐波现在怎么样了。”

“然后你就问了？”我笑着说，其实我也很关心。

“然后我就中了她的套，傻了吧唧问了。哎哟我们徐波现在也不怎么样，”她开始模仿起徐波妈妈的腔调，“公司高管知道他是名校的毕业生特别重视他，老让他加班。”妈妈翻了下白眼，我赶忙打断她：“徐波是名校毕业?!”

她把手一甩：“你听我说完。然后她说，其实我就担心这孩子实心眼，搞坏了身体，那就不值了，我们家又不缺他赚的那几个钱……”我妈手一摊，“你说我气不气？”

“徐波成绩那么差，怎么能念名校，她瞎说的吧？”

我妈看着我，有点诧异：“他成绩一直很好啊，考名校也没啥稀奇。山山，其实你要是认真点，我觉得你比他强。”

“妈，我觉得我们说的可能不是一个人。”我起身去橱柜里面把自己的小学毕业照翻了出来，一共四十多个人。我扫了一眼，并没有发现徐波。于是我把照片拿到妈妈面前说："你说的是哪一个？"

她戴上老花镜，把照片往远处推，脖子向后仰，挤出了双下巴，看了半天，轻轻点了点一个人："应该是这个，应该是这个。"

我凑过去看，发现妈妈指着一个戴着红领巾的大胖子。

"这是徐波？"我问道。

"应该是他，我记得他比较胖，肩膀又很窄，眼睛比较大，嗯，对就是他。"妈妈继续说道，语气十分肯定，"你们那时候毕业照怎么没有对应的名字？那样看起来就方便了。"

我脑子有点乱，我在回想当时拍毕业照的场景和徐波的脸。徐波没有来吗？也许有来，也许没有，但我记得他是个瘦高个，眼睛很小。他成绩比较差，爱打游戏，而我则成绩一贯比较好。

"妈妈，我问你一个问题啊，我小学快毕业的那段时间是怎么样的？"

"哎哟，那个时候你可叛逆了，娘老子都是臭狗屎。整天在学校里面惹事，跟人打架，手脚又重，幸亏后来没惹出事。还带着同学一起去游戏厅混，游戏厅里都是什么人啊？为这事，老师还把我们叫到学校去谈话，我和你爸脸皮都没了。"

她看我脸色有点不大好，便抓住我的手臂："不过现在蛮好的了。现在的任务啊，是把身体养好最重要。"她说道。

当天，我几乎一晚上没有睡着觉，这种失眠有两方面的原因：第一，每当我担忧睡不好会影响第二天正事的时候，我就一定会失眠，所以不是我的原因，是事情的原因；第二，我有点怀疑我的记忆抽屉是不是被人打乱了。很难想象，徐波这样一个有血有肉的人物，居然在妈妈印象里面是另一副模样。而我自己是什么模样呢，我越想越睡不着。

第二天早上要爬起来的时候我几乎像是脑子被人拿榔头砸了，脖子竟也有点不舒服。妈妈看了有些着急，又不敢说我，只能在一边小声嘟囔："我就说了应该九点就睡觉的……"

到了医院，挂号的队伍已经很长了，妈妈把我安排到医院长廊尽头一个相对安静的窗下座位，在落座之前，她拿餐巾纸把椅子好生擦了个遍，自言自语道："也不知道是谁坐过的。"

她把我安顿好，便去排队挂号了。在长廊的这一头，基本没有任何人经过，大厅的嘈杂声，也几乎是隔世的光景，我坐着，侧着头看着窗外发呆。

我很快发现，徐波就坐在我旁边。

他还是少年时的模样，牛仔裤上大串的钥匙依然显眼，嘴上点着一支烟，烟头亮着，他眯起的眼不知望着何处。

"别抽了，这里是医院哇。"我说道。

他并没有答我，笑了笑，又猛抽了一口，把原本瘫坐在椅子上的身体直了起来，顺手把烟在自己的手心掐灭了。

这个时候，我没有去摸索自己手腕上的牛皮筋，一点没有这样的意思。我继续歪过头来望着窗外，窗户关得死死的，窗帘在看不见的风中微微摆动，好像，有人来过的痕迹。

泊凫

一

西营盘邮局可能是港岛西风水最坏的地方了。门前就是一条下坡的薄扶林道，路势甚急，这种“割脚水位”最不是聚气集财的地方。更要不得的是，薄扶林道在门面前还拐了个大弯，好像一张大弓对着邮局，这就是风水上常说的“反弓煞”，本地人说“反弓路，冇财禄”，是避无可避的大煞。

想来也很好理解，香港寸土寸金之地，风水极好的地段如何轮得到这种政府物业来占用？虽如此，西营盘邮局在过去，尤其是在年轻的男邮政职员心中却有着非同一般的地位：一来年轻邮政职员宿舍就在西营盘邮局背后的邮政大厦里，出入十分方便；二来靠近香港大学，邮政最辉煌的年代，这小小的大堂常有年轻高学历的靓女出入，对于年轻寂寞的男职员来说，不啻是享受了。

这些道道都是家贤爸爸说给他听的，而家贤现在就坐在爸爸曾坐过的位置，目光穿过服务窗玻璃，越过大堂，直抵玻璃门外的薄扶林道。虽然背脊被冷气机吹得寒意阵阵，然而他依然可以猜想正午阳光直射柏油路的热度，人在上面走，是要有得道高僧的毅力的。据家贤爸爸说，在他小的时候邮局里并没有冷气机，夏天邮局大厅里挤满了给乡下写信的人，像公共浴室一样闷热，天花板上晃动着的老式吊扇丝毫不能减去蒸腾的热气，而这样的时节他自己贴邮票从来不用胶水，捻起邮票往手臂上一揩，啪的一下，沾了汗水温热的邮票就能服服帖帖地粘到信封上了。而也是那时候，家贤爸爸笃定将来要在邮局里工作，因为他说，柜台上的大哥哥们一个个梳着熨帖的背头，戴着大黑框眼镜，有着职业性的优雅威严，大热天气里即便热得衬衫都湿了，依然气定神闲地端坐着工作。他想要成为他们那样的人，特别神气。

家贤坐在有冷气的地方已经不会有机会那样出汗了，然而他也并不会觉得自己特别神气。每天查表、剪邮票、称重、封袋，精确而礼貌地应对着一切，家贤工作是十分尽心卖力的，但在工作的大部分时间里，无事可做的他只能直直地望着玻璃门外的薄扶林道。以玻璃门为相框，外面的小世界为一条下坡路所象征，周六在烈日下穿行的车流汇成道道刺眼的白光，像一片寂静耀眼的白色湖泊包围着他。家贤就这么看着，直到某个特别的时刻玻璃门被推开，刀在湖面上割出一条大口子，现实就会伴着嘈杂的市声，倾泻而来。

然而只是每个星期都会来的发叔，不是她。发叔进门就跟家贤扬手招呼，嘴一咧，瘪瘪的牙床露出来，这已经是牙齿掉光的发叔最大幅度的笑容了。家贤礼貌地笑着接过他递过来的一个牛皮纸文件袋，称重、贴条，往珠海照例还是以往的价钱。

“十五蚊七毫啊发叔。”家贤同他说道。

发叔照例从小布口袋里拿出一摞硬币，“好好”地应着，青筋虬起的手将硬币排好。

家贤接过来，触手时有些湿湿的，有金属与水产的腥味。

发叔每周寄棋谱给他珠海朋友，有时候还会顺手从街市拎些菜拎条鱼准备带回家，一般的同事都对他少少有些嫌厌，家贤却反而对他更友善。发叔为表感激，常常想送他条鱼吃，家贤都礼貌地拒绝了。

在海边成长的他，闻惯了海风中的鱼腥味，其实并不因熟悉而对鱼产生过什么特别的偏好。而且，他也知道每周哪里会有一条鱼等着他。

时间分秒过去，周六下午一点邮局就要放工了，余下的时间无几，而她还是没有出现。他五天前写出的那封信至今没有回复，他并不能确定她是否收到了，他能做的，似乎只有等待。

家贤并没有见过她，但却对她十分熟悉。她是个来香港大学读 MSc 的大陆学生，茂名人，租住在山道华明中心2101，男朋友在广州工作，两人曾有过结婚的打算。更为重要的是，她的名字叫吴美真，和家贤妈妈的名字一样。

邮局到华明中心的距离，其实不过三百米，信件投取的速度可以小时计。在巴士十分钟不来就惹人懊恼的香港，五天的时间无疑是一种刑罚，而家贤却甘愿受之。“使人等待”这种惩罚，家贤再熟悉不过了。

家贤有阵子没回岛上了，只是通过两次电话。老爸自从房东收回房子做出租屋之后，自己就直接搬回山上去了。最近潮气重，想来山上湿热，恐怕他又发疹子了。过往家贤间或去望他，他就杀条鱼，烧两个素菜，摆三张藤椅，便算是家庭聚会了。一顿饭下来，老人家除了问他邮局里的事——谁谁还在不在、哪个邮局的业务好，几乎就很少旁的闲话了。当然，在家贤老爸看来，邮局里的事哪里算闲话，而这些言语恰是家贤放工后最不愿谈起的，起先略有敷衍，其后多报之以沉默。从家贤上中学起父子俩就是这样了，饭点在家里回荡的常常只有两人筷子戳到碗底的响声。

他曾想过要不要把她这件事同老爸讲，不过只是一瞬间的念头，很快的，他意识到这是属于他自己的隐秘报复。

偷拆私人信件这种事在常人即是大忌，更何况职业的邮政人员。家贤上邮政培训班的时候，第一堂课就是讲工作伦理，人手一份邮政纪律：偷拆信件如有被发现，一次就会被辞退。这一点，家贤无疑是再清楚不过了，但是他偏要如此。

那是一个落雨的下午，天气湿冷。邮局中人都在各忙各的，而家贤分拣信件的时候看到这封信，竟一时有些恍惚，因为收件人的名字如此熟悉。信在手中有种雨天特有的湿冷，同事们都在忙着手中的事，而沉默却在短短的停顿中被无限拉长，只有雨点噼噼啪啪打着窗玻璃的声响，好像什么要裂开来一样。当他因为眼前的字迹而开始小心地将封胶撕开的时候，他自己都被自己吓到了。然而也是此时，他在巨大的罪恶感折磨之下竟涌出丝丝复仇的快感，家贤在当时还无以名状。“吴美真”三个字一撇一捺，像飞蝇一样跃出纸张，在他跳动的心口停留。他拆开了信封，草草看完，发现这是一封挽回分手的情信。他把信纸捏在手里，突然感到无来由的荒诞，于是他四下张望着，迅速将信纸重新装回信封，用镇纸压平，重新用胶水封好，插入一堆信封中。远处的同事们都在各行各事，他坐定，长吁一口气，继而缓慢地紧了紧领口，不时四下观察他们脸上是否划过任何异样的表情。他当时觉得自己是一时走火入魔了。

身边的同事都差不多准备收工换衣了，“家贤走啦，要不要一起去吃饭啊？”同事靠在办公室门口问道。“你们去吧，我中午约了人。”家贤说道。正当家贤回头答话的时候，工作人员哗啦啦地放下了卷帘门，白光徐徐消失，他感到自己脸上的灯光更亮了，四周也突然更显局促起来。他想赶紧逃离这个地方了。

二

走在薄扶林道上，家贤虽然感到酷热难当，但这种直接甚至有些刺激的感受却让他感到轻松。家贤记得中学的时候有一位很有趣的地理老师，曾经教给他们说，薄扶林这个名字的由来其实和一种水禽有关。这种水鸟的名字叫棉凫，长得有些像鸳鸯，雌雄也常常出入成双。它们一般都不会迁徙，但在潮湿的季节会分散开来。因为性情温顺，多与人类和平共处。“薄扶林”之名即源于“泊凫”。数百年前港岛西还是一片葱郁摇摆的原始森林，山间原还有一条瀑布，棉凫游泳、麻鹰翱翔，想来一定非常凉快。

家贤不几日后，就拆开了这个女孩子的第二封信，还是她男朋友的深情挽回。显然，他们俩的社交网络已经被完全切断，只能通过如此原始的方法沟通。家贤很快意识到自己很可能将会拆开更多信件时，一并发现了自己的这种冲动似乎像身体的饥饿那样难以抑制。他对于新入局分拣的信件像猎人一样警觉，像惯犯一样动作精准。他检查着每个人投来的不同目光，解读其中不存在的内容。这常常使他不堪重负，然而在下个抉择中，他又像酒鬼一样凭着本能走进同一间酒家。

那个男孩长期锲而不舍的来信，使得家贤的偷窥阅读变为可能，甚至为他构建出了一个更为完整的世界来，在那个男孩不断书写回忆的片段中，吴美真的形象似乎也变得真实起来：她该是一个有着齐耳短发、爽朗笑声的姑娘，善良自尊却没有耐心。她因为长期无规律的暴饮暴食而患有胃病，疼到让她蜷成一团的痛苦却无法消减她对于奇特食物的兴趣。她坦然面对下一次疼痛，毫无武装；她会因为生气掰断男朋友从海南带回来给她的同心木牌，然而背地里又偷偷用强力胶水粘好，弄得自己手上满是笨手笨脚留下的粗糙伤痕；她在新到的城市里疯狂迷路，然而除了远方的男朋友，她不愿意向任何人求助，即便她连左右都分不清，只会在电话里上火着急；她懂得欣赏流云与山形，却也会穿着带有洗衣店标签的衬衫出门；虽然对动物毛发过敏，依然忍不住触摸路上偶遇的小猫小狗的下巴……

家贤的走火入魔又如何可能是一时的？连自己都承认对这个姑娘产生了无妄的好感。他自认是个锲而不舍的人，似乎潜意识里暗下决心，一定要比那个男孩坚持更久。他就像爱上了小说中的人物，带有虚幻的乐观情绪。然而事实上，这更加确证他爱情的缘由来自对自己嫉妒与不安的感知。他主观地感觉到，这两个人并不合适，凭他对吴美真的"了解"，他非常担心二人即将复合，因为男孩的信中似乎已经透露出偶尔能够打通女孩的电话了。

家贤的担忧化为实际行动的速度远超过他自己的想象，他开始扣下那个男孩的信件，用自己伪造的无关信件填补局里总数的误差。他觉得随着信件的中断，一切都会结束。

然而家贤并没有停止阅读这些信件，他依然在夜深人静时，依着床前台灯的光亮，不断翻检过去已经读过多次的文字。他本应该像个稳操胜券的玩家那样坐视事态发展，然而他依然需要反复确证胜利的真实，这反而使他感到自己只是一个在一场无关自己的游戏中作弊的懦夫，随时可能失去一切。他开始心不在焉、乱盖邮戳、随意分拣信件、给客户脸色看。他知道自己在摧毁自己的工作，这正是他想做的事吧，从他拆封第一封信，他心里就这样明确地知道了。

与历史不可思议偶合的是，他开始喝酒了。前年差不多这个时候有一则颇轰动的新闻，午间，在一家茶餐厅里有个穿制服还带着邮包的老邮差喝了两大杯啤酒，引起了其他食客的不满。有人就用手机拍下来传到了网上，闹得很大，邮政发言人最后只好出来道歉。当然后来这个老人也因之辞职了。于是就有了新规定：穿工作服不得饮酒。这个老人，就是家贤的爸爸。

每次夜晚放工后，家贤会去一个特定的地方喝酒。喝酒的时候他可以感到自己开始自言自语，并且完全无法控制自己说话的速度。他舌头两侧的味蕾首先麻木，舌尖的甜味也开始逐渐消退，这种缓慢退去的感觉令人着迷。于是，那些透明液体带着舌根仅剩的苦味，像那条已经在薄扶林消失的瀑布那样滚滚而下，直流入他心里。在太阳的光晕之下，天空中没有一片云朵，苍穹也高得望不到，他唯能感受到像油一样滚烫的日光与浓密树林里传来的阵阵潮气，湿滑的台阶细碎地绵延着，他在更深的绿色中拾级而上。不久眼前豁然可见鉴湖一片，而湖边大树下，在湖面反射的刺眼白光中，他可以看见那个既是吴美真又不是吴美真的人了。

家贤缓慢醒来，发现四周路灯明亮，照得天边淡淡的白色十分微弱，他发觉自己坐在酒吧门口，身边都是隔夜的垃圾。水泥地上湿冷湿冷的，晨气灌入他脖颈，使得他一激灵。他现在脑袋虽然嗡嗡响，但是意识却很清醒了。他可以看见几个黄头发的本港年轻人手里拿着玻璃酒瓶，围追着一个赤裸上身的高大白种鬼佬，边打边骂，纠缠撕扯，像几只土狼撕咬着一只麋鹿。远处几个说着听不清楚的英文的亚裔女人露出焦急的声色。家贤觉得很好笑，颤颤巍巍站起来，把手伸进口袋确认自己的手机和钱包是否还在，迈着迟缓的步子走远了。

大概那个早晨开始，家贤非常确定自己不想再做这一行了。他想逃离这个满是过去的影子与父亲的声音的小世界。他自己也清楚地意识到吴美真的事该有一个了断了，于是他在五天前寄出了一封致歉信，希望她能来邮局取回信件并当面致歉。在他最理想的假设中，他可以借此拿出他准备好的辞职信，脱下一身制服，离开这个地方，但至少至少，可以见她一面。

家贤并没有去吃午餐，而是放空了脑中的杂念，在烈日下缓步走到了华明中心的门口。稍微等待了一会儿，就跟着一位中年穿西装的男住客过了输密码的闸门，随后来到了电梯大堂。家贤有些冒失地和那个男住客同时走进电梯，电梯里同时容纳两个男人显得有些逼仄，穿西装的男人退让了一步，掖了一下自己的西装外套，斜斜看了他一眼，脸上满是不悦。电梯门正开始要缓缓关上，穿西装的男人依然斜过身来再次按下了关闸门的按钮，并顺手按了一下24楼的电梯键，随即他恢复原状，抬着下巴一动不动。家贤随后凑过去，按了一下“21”的按钮，可是那个按键始终没有亮，他再按多次依然如故，他于是带有报复性地用力多按了几次。几乎与此同时，他意识到自己搭上了只停双层的电梯，于是他只好按下了“22”，觉得自己十分愚蠢。他意识到身旁的人死死盯住了他，使他更感灰心。当电梯屏幕显示“22”但还没停稳的时候家贤已经站到了离电梯门几乎只有一厘米的位置，背对着穿西装的男人。那短暂的空隙几乎无限漫长，他踏出轿厢的那一刻，闸门已在身后缓缓关闭。于是他回过头来，在电梯门即将合上的瞬间，对着电梯中的人狠狠瞪了一眼。啪，电梯门安静地合上，而对方眼中的惊恐，让他感到舒服了许多。

站在 2101 的门口，他并没有犹豫地按响了门铃。并没有人应门，他继续按了一次，依然如此。然而隔壁 2102 的木门却开了，里面一个老婆婆，颤颤巍巍地伏在铁门上，翻着眼睛望着他。

“你是谁啊？”老婆婆露出失望的神色，问道。

“哦搞错了，我是找 2101 的朋友，她好像不在家。”家贤应道。

“是小峰回来了吗？”家贤听到老婆婆身后有个不大的声音传来，似乎是直着嗓子喊出口，沙沙的。

“不是啊，是敲隔壁门啊，搞错啦，你看我这耳朵……”老婆婆一边回头抱怨一边缓慢准备将木门关上。

“阿婆请问你啊，”家贤打断她，“2101 的住客是不是出门了？我找我朋友有点事。”

“几天前就搬走啦。”阿婆随口敷衍了一句。

“不好意思麻烦你回忆一下好吗，到底是哪一天搬走的？”家贤继续追问。

阿婆脸上露出不解的神色，盯着他看了一会儿，答道：“我不记得了。”随即很快推上了门。家贤只能听到塑料拖鞋的啪嗒啪嗒声，越来越远。

家贤坐电梯来到了 G 层，大堂旁边就是一排不锈钢打造的金属信箱，家贤走上前去，用手指在光滑得能照出人影的表面上滑动，寻找着 2101 的信箱，很快他便发现了它。它锁得好好的，就像从未被开启过那样。林家贤知道，如果没有出什么差错，自己写给她的信一定来过这里，但是否依然还躺在里面，他并不能知道。吴美真究竟有没有看过这封信，他也无法知道。他想不出对他更大的折磨了。

家贤走到华明中心楼下的时候又抬头望了一下这栋高楼，细密的窗户好像无数抽屉的暗格，不知道各自藏了什么故事什么人。对于太多租客来说，华明中心不会是久留之地，也许对于更多的他们来说，香港也不是久留之地吧。

家贤走在滚烫的路上，白衬衫都湿透了。他眼镜反射来的光使他的眼睛感到很不舒服，他揉了又揉，依然无法改善。天空高得晃眼，街上行人并不太多，但也都各走各路。人们面无表情地擦肩而过，吝惜着自己每一丝目光，好像没有一个人能够看到家贤一样。他突然觉得自己像太阳底下的一只鬼，白色的镜片、白色的衬衫，都反射出白光一片。

三

湾仔常年流传着一个鬼故事，说有个鬼邮差，穿着样貌与平常的邮差并无不同，都是穿制服背邮包，只是脸色苍白些，但他出勤送信时，不在日间，而是午夜过后；他送的不是邮件，只是一张白纸。收到白纸的住户，不出七日，户中一定有人身故，且多为突然死亡，而那张白纸亦会随着死者亡故离奇消失。这个故事传得神乎其神，据说湾仔一带百姓还专门往洪圣庙请人驱过鬼。

家贤小时候听妈妈说，爸爸刚追求她的时候就天天和她讲类似的故事，她当时觉得他傻得可爱。

家贤坐船回到南丫岛上的时候，正是天色最好的时候，码头上岸之后可以看到许多游人在靠近码头的那一片沙滩上拍照玩水。最近浪很大，所以近海的游泳区也被封死了，在旁边竖了一块“禁止游泳”的牌子。

回家的路要走过岛东岸的那些星罗棋布的旅游度假屋、酒吧和餐厅，走上山路，爬几段大坡，向着那四根大烟囱的方向一直走就是了。这一段路，他曾经走过许多遍。家贤的妈妈出走之后，爸爸就坚决搬回了南丫岛，最初的几年父子俩就一直住在山上这座小木屋里。每天清晨，一大一小两个人一起出发，像行脚僧人一样赶早，在清晨弥漫的雾气中踏上泥板路，穿行起落于潮湿的绿海之中。家贤小时候觉得这段路程格外遥远，而一路上爸爸也几乎不会说一句话。家贤于是格外害怕起来，但又不敢说出口，只在后面紧紧跟住爸爸的脚步。直到家贤中学考到了港岛上，老林才决定在岛东租了一间极小的房间方便家贤坐船。而这条路，他也走得越来越少了。

老林是个一丝不苟的邮递员，一直希望家贤也成为这样一个人。家贤打小从爸爸那儿收到过邮政玩具车、邮政帽，甚至还有老林赢得的邮政光荣奖章。老林在做菜的时候，家贤举起屋里长台上的相框，看见小时候的他和爸爸的合影，家贤胸前戴着的正是那枚奖章。相片上的老林笑得像孩子一样，家贤笑得却像平时的爸爸一样。家贤看着看着，心里不禁一刺。

饭吃着吃着，本来也没什么话。

“鱼是不是咸了一点？”老林慢慢嚼着嘴里的菜，随意地说道。

“是有一点，不过也还行。挺好吃的。”

“我常关照收鱼的和仔，周末给我留条好鱼。平日随便吃点，周末总要好好弄弄。”

家贤笑着答道：“我还以为你是这次专门为我才准备了这么条鱼呢。”

“也指不定你哪个周末回来啊，这样总不会错过了。”老林说。

家贤笑了笑，也不说话。老林吃着吃着好像突然回过神来一样笑着说：“你还记得炳叔吗？”

“记得记得，”家贤答道，“不就是以前岛东卖五金的那个，他不是去海南了吗？”

老林放下碗筷，手安在桌上，慢慢说道：“大前年他儿子把他们老夫妻俩接到了海南之后是有一阵没消息，但他这回是回来望我了。问他才知道，他老婆过身了之后，他一个人住一个大房子实在是冷清得很，海南又没什么朋友。你知道他跟我说什么？他说，还是香港的房子好，看得见摸得着，走个两步就到头了，心里还踏实一点。他这回啊，就是憋得慌，回来望望老朋友。”

“他儿子不管他？”家贤问。

“他儿子公司又不在三亚，也不便常常去望他的。他这回啊，还问起你，我跟他讲，你现在在邮局里工作，也算是公务员了。他连连说真好，正好接我的班。”

“唉，我就知道你要和他讲。我工作后坐船回岛上，半个码头的人都和我讲邮局的事。”家贤苦笑道。

“干什么？好好的事，又不是做贼去抢，为什么不能说？”老林有些认真起来，“真是。”

家贤洗完了碗筷，眼见爸爸正在浇花，高大的身板半挡住了阳光，依然很挺拔。家贤恍惚间觉得爸爸好像一点都没有变老，而自己也还是个孩子。浇完了花，老林走进屋里，问他，晚饭留不留在这里吃？冰箱里还有些花菜可以拿出来煮一煮。家贤就说好。老林心情很愉快，坐在家里的藤椅上就看起前日的报纸来，对过开着风扇，不一会儿他竟睡着了，眼镜也微微垂下来。

家贤后来知道，那件事邮局里的杨伯伯早就和爸爸说起过。九龙那边有人给家贤妈妈写信，起初也只是三四天一封，后来竟到了每天一封；起初还多寄到她工厂里，后来竟也往家里寄了。家贤妈妈有时晚上会抽出一段时间回信，而老林一声都不问。日久天长，老林的同事们都有些看不下，和老林提过几次，老林最后有些恼了，竟要与他们翻脸。同事们也是一肚无明火，便说，事实是怎么样，你把信拆开来看啊，看了信什么都明白了啊。他们便把信扔给了老林，老林拿着，依然是一句话都不说。其他人面面相觑，也都散了，说再不问这事了。家贤后来记起那天回家，爸爸依然什么都没说，让家贤把信交给他妈妈，家贤便照做了。

妈妈出走后，老林就慢慢地爱上了喝酒，倒也不是酗酒，只是吃饭时或者闲下来总要喝一点，就一个人喝喝闷酒。

辞职后，老林酒也不再喝了，靠着微薄的强积金过活。他在园子里种一点菜，浇浇花，日常看看报纸，因身体健朗，也常帮着离岛的义工组织做点工作。这就是他的老年生活了，他几乎从不埋怨什么，家贤去邮局上班后更是如此。

老林醒来时太阳已经没有那般灼烈了，他提议要去海边游泳。那些标示都是吓吓游客的，他说。

父子俩穿着游泳裤、趿着人字拖，随着林间小径蜿蜒而下，两人一前一后地走，一路上平安宁静。到达海边时，天色舒朗，老林稍微活动了一下筋骨就下了水，家贤也紧紧跟上。家贤年少时两人也会来这片海滩游泳，这一侧由于海面很窄，没有沙滩，岸边又都是礁石，所以游人几乎不会来，都是岛上居民才会到此。二人游了一阵，已有黄昏的气色，不多时，海中央那个浮标就要亮灯了。二人便上了岸，爬上石头休息。

老林心情大好，便问家贤："你们现在当班还要加钟当邮差吗？"

家贤说："现在这个季节太热，邮差都是轮班，更加不用我们来插一脚了。现在月中，局里事情也少些，我们就坐在那儿吹冷气。"

老林接着说："我刚上工那会儿大夏天最是忙的时候，大家出门不便，便都写信讲些不紧要的事，省却了跑一趟的工夫。我们就没办法，加班加点地送信。薄扶林那一带都是山路，只能自己爬山上去送。大夏天真是热成水鬼了。”

家贤想起局里邮差日常的抱怨，便接话道：“我常听说那一带的邮差得有点侦探的功夫，找一个人家都要半天工夫。”

“是啊，那一片尤其是石塘咀那里，几十年前还多有些棚户房，根本就没有门牌号。那些旧的公寓楼也不知挤了多少户人，有些人家没有邮箱，只得挨家挨户去敲门。流动也很大，有时昨天来开门的还是鬼佬，今天可能就是凤姐了。”老林不禁感慨了起来。

“当然也有好的方面。因为挨着香港大学，所以我们西营盘这个邮局新的男员工都争着来，总以为地理优势，所以会有许多年轻的女孩子来办邮政业务，一来二去搞不好还能认识。当然啦，也只是说说而已。不过大家加班的时候还是抢着去送港大那一带。”

家贤听他说着说着，就有些走神了，像以前一样。而此时天虽未暗，浮标上的灯却亮了起来，白色的灯光虽弱，却也能标示方向。家贤看见海面上有两只灰色的海鸟，个头一般大，一个追逐着另一个飞着，飘忽不定，好像正被强风催动着。家贤望着它们，心想，要是它俩飞过了那个浮标上的灯火，他就和爸爸说辞职的事。

然而，鸟儿毫不留情地拐了一个大弯，飞远了。两点灰色消失在四合的暮色中，而海浪鼓动着能量，在礁石上拍起一阵又一阵的泡沫。这会儿已经不能再下水游泳了。

防疫糖丸

童童长了一颗蛀牙，一笑起来就可以看见。敏感的她自然是知道极不好看的，她感觉连班主任刘老师抱她的次数都没有以前那么多了。想起家中抽屉里满满叠好的大白兔奶糖的糖纸，她不禁有些小小的懊恼。今后麦丽素也不能吃了。然而，蚊子他是不在乎这些的，还是会和她一起玩。虽然他常常一声不吭，但他是绝不会像其他小朋友那样嘲笑她的，这一点她是确信的。

防疫站的阿姨们来学校里打针，班上的小朋友们在老师的号召下把桌子排成一排，阿姨们就在桌子的那一面摆上各种医疗卫生器材，旁边还有几个叔叔在拿小本子记录着什么。小朋友们自然都很害怕，第一个上去的是王二，王二坐在小凳子上，牛仔裤才褪下一半，眼泪鼻涕就一涌而出嚷着要回家。戴着口罩的白大褂们互相调笑着，“这不针都没打进去吗”，王二继续抽抽搭搭地喊着妈妈，针就打完了。医生打开一包白色的糖丸，给了他一颗，顺手在记录本上打上一个钩。王二往嘴里一丢，立马破涕为笑，提起裤子就说，我还想再要一粒。刘老师在旁边急忙说，这是药哪能多吃，吃了会变笨，赶紧往后面走，下一个。

小朋友们陆陆续续都打了针、吃了糖丸，几乎每一个人都央求着老师多给自己一颗糖丸，但是老师都以相同的理由拒绝着他们，会变笨的。小朋友们眼巴巴地看着其他同学吃下那一颗白色的小糖丸，几乎都要再咽一次口水。

然而蚊子似乎对这些并没有特别的新鲜感，也许是妈妈在防疫站工作的缘故，这些阿姨似乎都是他熟识的，吃糖的时候也没有见他特别欣喜。白大褂们都摸摸蚊子的头，似乎是非常熟识的样子了。童童想，也许他平时就有很多机会吃到糖丸吧。

轮到童童了，童童素来很乖，打针的时候一声都没吭，但是老师也并没有因此而夸她一句。刘老师她似乎正忙着别的要紧事呢。童童还未来得及多想，阿姨就递给了她一颗白色的糖丸。咬一口吞下去，阿姨补充道，顺手在本子上打了一个钩。

童童等这个时候已经很久，她自然不舍得吞下去，便紧闭着嘴巴含着糖丸。糖丸一点点融化，有一种牛奶香味，而那种熟悉、直接的甜就在口中肆无忌惮地发散开来。童童顿时觉得好幸福。她回到了小朋友中间，依然不愿开口，她正小心地一点点地嘬着糖汁。然而糖丸还是太小了，不一会儿就没有了。

所有小朋友都打完了针吃完了糖，老师问大家有没有把糖丸都吃完，大家集体回答道：吃完啦！童童一边说一边不禁笑了起来，而流着鼻涕的王二这个时候指着童童说，看童童的蛀牙！大家齐刷刷转过来，即便童童立马按住了嘴巴，大家还是爆发出了一阵笑声。

童童还是想吃糖丸。在家里，爸爸妈妈是决计不会再给她糖吃了。她看着同学们从小书包里拿出自家的糖果时，她虽然很想要，但是从来没向人央过一个，问她，也说不用啦。童童就是这样的一个小姑娘。

但是蚊子问她，你是不是很想吃糖丸的时候，她并不懂得撒谎。她坦然地回答他说，是。然而蚊子还是和以往一样，恢复了一声不吭的状态。

忽然一日，下课后，蚊子背着书包追上了走在前面的童童。“有好东西给你。”蚊子兴奋地说道。于是童童就被他带到了运河桥下的小花园里。蚊子从书包里掏出了一包白色的糖丸，就是打针的时候医生发的那种。童童先是一愣，然后便问，“这是哪里来的？”蚊子欲言又止，但不愿骗她，只说是从防疫站偷拿的。

童童本身有些小小兴奋的脸便荫翳了，说道，“这是偷来的，我不要……”

蚊子有些着急，只是说道，这是我好不容易拿来的，你不要的话，那你就扔了。反正你告诉我想吃的，我就拿来了。说罢，蚊子一声不响地走了。

晚上童童一个人在自己的小床上想了好久，脑子里组织出了许多彩色卡通画面：蚊子穿着一身盔甲，骑着一只胖胖的小毛驴，来到了城堡下面。城堡里陆陆续续出了几个头大身子小的骷髅兵，不用想，蚊子不费吹灰之力就将他们打败了。蚊子下了驴子之后，就进入了城堡。他拾级而上，一圈又一圈，蚊子终于来到了顶层，看见了一只会喷火的守卫母龙，她的身后是一个大宝箱，毫无疑问，里面藏着的正是糖丸。母龙喷出一口巨火，像一个光柱冲撞着蚊子的盾牌，然而蚊子依然勉力前行，最后一盾掀开火焰，上去就是一剑，然后母龙就被打昏了。蚊子顺利得到了宝箱里的糖丸，背景音乐充满胜利感。

想到这里，童童不禁自己乐了起来，露出她的蛀牙。

童童最后还是去找了蚊子，蚊子起先还以为童童要将糖丸还给他，但很快了解到她是想和他一起撕开包装吃糖丸，不禁转悲为喜。

童童说，这糖丸很好吃，可刘老师说吃多了会变笨。蚊子说，不会的，都是老师骗你的。而且就算会变笨，我也陪你一起吃，你吃多少我也吃多少。

蚊子的样子很笃定，于是童童抿着嘴笑起来，蚊子见她笑，便也笑起来。话也并不多说，蚊子把包装撕开来，拿出一颗就给了童童，又拿出一颗给自己。两个人就这样你一颗我一颗地将整包糖丸都吃掉了。

多年以后，童童变成了一个二十多岁的姑娘，朝九晚五地工作，她早已忘记了那天两个小朋友分食糖丸的时候说过些什么。老实说，她都不记得蚊子的真名叫什么了，可她还是记得王二姓王，真是奇怪得很。童童中学的时候在生物课上就开始知道，那种糖丸其实是一种预防小儿麻痹症的药，叫作脊灰糖丸，不过是为了让小孩子下咽，才在外面做了糖衣加了奶精。童童很想问老师“多吃了对身体有没有副作用”，可是终于还是没有问出口。

童童后来思考过，她高考失败是不是和年少时吃多了糖丸有关系，后来找工作不顺利、男朋友劈腿，是不是和糖丸导致的智力下降有关系。她无法确证这一观点，但她隐约觉得蚊子也许正和她有着相同的忧虑。

但她后来想通了，她现在能够记起来的，是那天嘴里满溢的甜美和犯错的快乐，味道浓郁，不只是奶精和糖衣。因此，她并不后悔。然而她开始慢慢发现身边的人，都或多或少有些类似的后悔事，反反复复念叨了许久。她们会说，要不是中考的时候来例假，我就会上某某中学，然后就能考上某某大学，也就不会在这个鬼地方工作了；他们会说，要不是中学那年受了重伤，现在可能是厉害的职业足球运动员了；他们会说，要不是遇见了她，搞不好自己就和那谁谁一起了。

童童从来不说这些话，她想来想去，可能还是糖丸吃多了的缘故吧。

鹦鹉

林晓真起身和自己说，先去洗个手吧。于是她走到卫生间，拧开了水龙头，随着气泡水的温度逐渐升高，洗脸池中升起白白的蒸汽来，爬上了玻璃，形成了一个小小的雾面。林晓真挤了一点洗手液，在手上反复揉搓，发出粗糙的摩擦声。水流顺着她的手腕往下淌，那泡沫直如瀑布下的水花。这奇景延续着，林晓真也维持着这个机械的动作，脑子里，是怎样对付这个男人的问题。

她回头望了一下罗志明，他还是躺在那里，喉头发出轻微的响声，像过去许多个熟睡的早晨那样。林晓真拿了块毛巾揩干手，顺便在镜子上抹了一抹，显现出自己的模样来。

于是林晓真继续拿着毛巾，往罗志明躺着的地方走去。他的胸口已经被子弹打烂，鲜血像沸腾的黑色熔岩那样往外翻滚，原本白净的衬衫已经被染得深红，在血腥中也伴随着呛口的烧灼味。罗志明睁大着眼睛，喉头不断的怪声还在提醒林晓真，他并未完全断气。不过洗个手的工夫，罗志明的便溺就在他下身漫溢开来，提前泄露了腐败的气息。林晓真皱了皱眉头，捡起罗志明的右手，用毛巾擦干了手掌上的血迹，继而俯下身子拿起了地上的马格南手枪，隔着毛巾将他的手指扣入扳机位，握紧握把。如此差不多十秒后，她拿开枪，将他的手又放回血泊中。

手又脏了。于是她走回卫生间，继续洗手。外面噼噼啪啪的雨声密集打在玻璃上，间或传来或远或近的雷声。林晓真在这雷鸣中几乎可以听见警车的鸣笛声，可她心里知道，那是没有的事。她望着镜中自己沾满血迹的毛衣，完全没有换的意思。

她走进客厅，打开备用手机给老段拨了一个电话，她估量大概响了三声，便挂断了。她十分清楚，老段很快就会过来，便坐在沙发上慢慢地等。

罗志明已经没有声响了，而血浆愈见黏稠，顺着波西米亚式的花地毯发散开来。那吸饱了鲜血的地毯，像烤肉架上的肉片那样变着颜色，甚至微微弯曲，地板下的血也像油脂那样汪出来。

她坐在那儿，突然听到背后叫了一声什么。她脊背一紧，脖子凉到了脚。林晓真站起身来猛回头，只见巴德在站架上摇摇摆摆地左右走，喉头继而发出咕咕的声响，缩了两下脖子，望着她。

巴德是一只非洲灰鹦鹉，已经三岁了，是林晓真和董涵认识后一起养的。随后，林晓真做了一个事后看来颇不理性的决定。

董涵离开时并没有叫车，她撑着伞，从永公路一径往阳明山下走。雨水黑沉沉，把她的伞沿也压得低低的。街灯在雨中亮过月亮，而四围的建筑都在黑暗中晏息，凌晨四点的她就像在逛墓地一样，数着两旁的冥火后退。靴子底已经湿透，而雨水爬上她的脚踝，寒意渗到骨头里，使她保持清醒。在死寂之中，她循着永公路九转而下，也不知走了多久，道路才逐渐开拓，两边开始出现反射灯光的道路标志牌，地上的交通线符号也明显了起来。远远的，可以看到台北市内依然浮动着霓虹色的夜景，那红色与绿色的小点交织，在这黑海中如鱼儿游着。这安静为逐渐变大的引擎声切割，一道亮光直直刺过来，明晃晃的，她眼见一辆机车迎面过来，车上一对男女披着雨衣紧紧靠在一起，嗖的一声，风一样疾驰而过。她回头望着，眼见那一道光远去，自己恍如进入了一条隧道，入口急剧后退。

董涵这才意识到，这条山路几年前她也坐机车走过，阿杰载她的。阿杰在她来台大做交换生的那年，载她上阳明山好多次，有时候是一大伙人，有时候就他们俩。

董涵从来没有告诉人，她坐在机车上走山路，会很头晕。然而她在台北，也只得这几个朋友，大家提议要去夜冲，她总是不拒绝的。每次戴着头盔、伏在阿杰背上时，她总是紧闭着双眼，希望路程早点结束。四周若近若远的说话声对她来说，好像是隔墙的歌剧，与己无关。

“你会不会不舒服？”阿杰总是这样问她。

“没有啊。”董涵闭着眼睛答道。

“你没有不开心吧？”他又接着问。

“没有没有，我很开心。”

阿杰似乎还说了些什么，但是在机车的轰鸣声中，她已经听不清楚了，所以更不知道怎么回答了。

那次阿杰又约她去擎天岗，机车一路盘旋往上，风是鼓鼓地吹。到了山顶，本来说要看的星星，也只能换十分钟的光景。两个人肩并肩地呆坐了好久，阿杰笨拙地一把揽过她，而想要与她更亲近时，董涵本能地逃开了。

“你不会讨厌我吧？”阿杰说道。

董涵看着他，心里有些歉疚。阿杰平日对她很照顾，就算怎么样，又怎样呢？董涵对自己说。可是，那时的她还是逃开了，和如今的她一样。

董涵在自己床上醒来的时候，已经是下午了。她从被窝里面钻出来，翻出快没电的手机，发现有两个未接来电。这个号码虽然没有保存联系人，但董涵知道是老段的电话。

以往，董涵一定会马上复电，但是这次她并没有。她半躺在沙发上，打开了电视，女主播的声音伴着一点点音箱的嘈杂，在这小小的客厅回荡，董涵坐着不动，而时间走来走去。不过，当电视新闻播报到这则新闻时，她还是惊讶地站了起来：今天早晨四时许，阳明山一处私家别墅发生枪击事件，一罗姓男子深夜闯入女友林女士别墅，其间与林女士发生肢体冲突，林女士开枪自卫，罗姓男子中弹倒地，之后林女士报警自首，而罗姓男子送医后不治身亡。枪支可能系罗姓男子黑市购买。目前本案正在进一步调查中。

董涵起身回书房，意识到，是时候处理一下这些文件了。

快晚饭的时候，董涵家的门铃响了，她穿上拖鞋，走到门口从猫眼向外望，发现是老段。于是她稍微整理了下衣服，便拉下门闩，开了门。

“新闻你看了吧？”老段手里架着鹦鹉笼子，一边开门，一边换鞋。

董涵忙接过鸟笼，也不答他，反问道：“她让你拿过来的？”开了笼门，巴德立马跳上了董涵的手指，歪着脑袋来蹭她的手，一副依恋地扑腾着翅膀。巴德的翅膀小时候剪过了，虽然不能远飞，但短距离的滑翔还是可以的。

董涵抚摸着它的灰色羽毛，嘴里和它嘟哝着一些细碎的话，老段也听不真切。

“你倒不问问晓真的情况？她自首前先联系了我，让我把鹦鹉带给你。”老段有些疑惑地解释道。

董涵想了一想，说：“……她会关起来多久？”

“往正当防卫上做无罪辩护，还是有很大机会可以把她保出来。现在要请人帮忙看人脸色之外，倒也怕出些其他的岔子。”

董涵不说话，她早就知道他不会随便上门的。

老段看中董涵就是因为她聪明，这是老段多次和她说过的。他们俩第一次见面是在新加坡一个两地学生领袖交流营的活动上。那时候的董涵正要往政治大学读金融的硕士，在临行前的暑假，被选中参加这个交流活动。在一周的活动中，老段只出现了一次，就是在最后一天晚上。那日商办的领导约了七八个本地学生单独吃饭，中间空了一张位子，饭吃到一半，老段才走进来。领导忙站起来把他迎进来，他不说话，拉开凳子坐下来就吃，全程也并不说话。席间酒菜是极好的，但董涵总觉得气氛有些怪，其他同学有意表现自己，高谈阔论，而她却只是不说话，冷冷旁观。

读硕士期间老段会不定时地约她吃饭，和她了解一下她老师们最近的一些言论和动向，甚至有时给她安排一点任务，譬如在 PTT 上定期发些文章，组织一下学生活动，等等："你来台湾要快点融入才好，学讲一点闽南语，和本地学生老师多社交一下……"董涵对于"领导"的这些安排本是很疏懒的，然而老段总是请她吃饭，甚至帮她争取到了企业的奖助学金，作为交换，董涵自然也得应付一下他，写过几篇批评台大老师的文章，贴在脸书上。

"说说昨天晚上的事吧。"老段也不客气，坐在沙发上问道。

"嗯，回家给她买了点纪念品什么的。你别担心，我坐车的时候都很小心，只送到山下店铺，我自己走上山的。"董涵答道，她也顺势和他面对面坐下，手里托着巴德，慢慢抚弄着它的羽毛。

"有遇到什么人吗？"老段继续问。

"没有。下着雨，而且也不早了。"

"虽然摄像头早就处理过了，但是我还是有点不放心。"老段说。他从西装里面掏出烟，塞在嘴里，却不点燃，随着他说话，烟头一跳一跳的。

"我们再对一遍吧。"老段撇着嘴接着话头。

董涵坐在他对面，点了点头。

"你为什么来台湾？"

"做金融生意。"

“你只要回答‘做生意’。”

“做生意。”

“什么生意?”

“不动产。”

“具体讲一讲。”

“我们公司看好新加坡兴起的休闲度假养老需求，考虑加码投资台湾，会在南部开发度假养老的休闲不动产，对台湾房市有信心。”

“最后一句话不要讲。再来一遍。”

“我们公司看好新加坡兴起的休闲度假养老需求，嗯，我们考虑……我们考虑继续加码投资台湾，会在南部开发度假养老的休闲不动产。”

“磕磕绊绊的，可过不了关。这些台湾人也不是吃素的。”

“我没事，继续吧。”

“你是怎么认识林晓真的?”

老段话音刚落，巴德便梗着脖子，伸展开翅膀在董涵手中扑腾起来，嘴里喊着什么。它很快便挣脱了董涵手掌束缚，扑哧扑哧地飞到了书柜上面。在空中，一片灰色的羽毛缓缓地落下，在傍晚的光线中，巴德像只高度警惕的鹰一样站在高处，快速转动着脖颈，四处张望。二人呆呆地望着它，一时说不出话来。

一切是从三年前的那次万圣节开始的，不过那并不是她们第一次见面。老段在那年九月安排了一个星岛同乡会的活动，点派董涵来具体组织。活动中邀请了几个嘉宾，其中一个就是林晓真，当时是作为旅台商界精英来参会的。

林晓真比董涵原以为的要年轻很多，她大略二十八九岁，已经是头衔满满了。董涵当时对她的印象很深刻，她身材十分高挑，一头日系中发，露出的右耳上打了两串耳骨钉。董涵当时觉得眼前这个姐姐虽然穿着得体的套装，但她身上有种吸引人的痞气。当她客气地过来和董涵攀谈时，董涵紧张得几乎听不见她说话。她被晓真用右手摆弄耳后短发的习惯性动作吸引住了。在动作的起落间，有香气一阵一阵的，董涵闻着竟霎时有些目眩。

“洗手间怎么走?”晓真又重复了一遍。

董涵这才反应过来，晓真已经和她说了第二遍了。“我也要去的，我和你一起。”晓真笑着和她一起走，董涵觉得她的笑容中除了谅解，还有些勘破心事的得意。

晓真对着镜子，洗手水在她手上不停地流淌。董涵站在一边，反倒有些不知所措。“抱歉啊，我从小有些哮喘，所以家里人总是叮嘱我洗手，现在反而变成强迫症，改不了了。你别见怪啊。”晓真怕她尴尬，反倒先道歉起来，顺手还拿出手包里面的哮喘喷雾器朝她摆了摆。董涵和晓真在镜子里面四目相视，让她颇有些尴尬。

那水声哗啦哗啦地走，像极了窗外的雨声。老段走后，董涵一个人坐在沙发上，突然有些想念晓真在她家时常洗手的声音。

董涵请了几天假，天天看电视。新闻连续报道了好几天，老段努力之下，争取到妇女基金会和相关保护机构的支持。

有利于晓真的舆论风向，使得他最担心的事并没有发生：罗志明是美籍华人，似乎没有什么家人在世，更乏人出面，因而万幸没有上升为外交事件。于是乎，晓真保释这件事，也就顺理成章了。

这几天巴德几乎天天躲在柜子上，只有吃东西的时候会飞下来，吃东西的时候也充满戒备，不知在提防什么。平时它最爱吃的葵花子和苹果也总是急匆匆地吃一点，吃的时候也不似过往那样闲庭信步，举着爪子抓着食物往嘴里送，嘴巴一甩一甩的，浑身的灰羽毛也跟着颤动。吃完后，它便又飞回柜子上，警惕地四处张望。

“Angella！ Angella！”它叫道。董涵知道它是受惊了，它从小胆子就很小，晓真也常取笑它。见识过那样血腥的场面，无怪乎要这样害怕了。董涵心疼它，趁它吃饭时轻轻抚弄它的羽毛，和它说说话，可是她却发现巴德竟然对她也很冷淡起来。她仔细看它的身子，竟发现它的喙上有些血迹，再仔细翻检它的羽毛，发现它肚子上较短的羽毛竟然秃了一块，还有些较新的伤痕。董涵再仔细检查，巴德已经不依了，扑腾着翅膀驱赶着她，不一会儿就又飞回衣柜上的巢穴了。董涵坐在沙发上望着它，感到自己的脊背如同在被冰冷的利器切割着，而凶手又正是自己。

董涵在网上研究了一番，有些怀疑巴德是得了抑郁症，便预约了第二天早上去看医生。连日疲惫，董涵便准备今天先早点休息再说。电视依旧开着，传出那个熟悉的女声：“……台北市立动物园过去三年内有五百九十只不同种类的动物非正常死亡，死因千奇百怪，像猫头鹰噎死、水鸟溺死等，令人百思不得其解。今晨园内又发生一宗动物伤害事件，雄性台湾黑熊‘嘉男’趁机闯入隔壁栏舍，将雌性黑熊‘嘟嘟’当场咬死……”在女播音员的声音中她似乎听到了门铃声，董涵异常警醒起来，因为她知道是谁来了。

果然是晓真。董涵打开门，隔着门槛，便见到那张熟悉的面容。晓真瘦了一些，精神也不似以前那样高昂，但还是可以看出来是认真打扮过出门的。

晓真没有等董涵说话，就抱住了她。董涵感到一股温度透过衣服渗透过来。

她不知如何举措，虽然她曾经设想过这样一个场景，可如今的她却与自己设想的完全不同，因为她现在感到自己动弹不得。就像过去许多次那样。

晓真开始亲吻董涵的脖子和耳朵。她口中的湿热气息吹打着董涵皮肤最末梢的茸毛。董涵被她抱住，如午夜服装店小妹收摊时，怀中那衣衫不整的塑料模特，白胳膊白腿，苍白色的脸，裸露的胸脯在皱褶的衣衫间藏闪。晓真的嘴唇和牙齿在她的皮肉上刮划，似乎要嚼碎她，把她吃得满嘴都是。

她们大汗淋漓，在彼此身上倒错勾连，似水产铺头脸盆中的黄鳝那样，在彼此身上寻觅徘徊。董涵被晓真压在身下，晓真口中的喘气声一阵阵热辣辣地吹在董涵小腹上，气息也越来越粗。董涵也随着她的节奏律动，而这气息几乎是重叠了。

“Don’t fucking shoot! Don’t fucking shoot!”突然身后一声响起。

董涵感到晓真在自己身上一个激灵，就坐了起来，而董涵倒悬着身子往外寻觅着那阴冷声音的来源，她见到柜子上的巴德正抖动着羽毛，哇哇地重复着。

董涵看愣住了，背上的汗冰冰的，直收进骨头里面。她回身看晓真，却见她气息越来越急促，并开始窒息似的抽气与干咳，人也缩小哆嗦着，脸上一阵白一阵灰。

董涵霎时反应过来，在沙发上把晓真调成抱膝的跪姿，回身就在晓真的包里面胡乱摸索，果然找到了喷雾器。董涵拿着喷雾器凑到晓真的嘴边给她喷了两下，此时晓真的嘴唇已经发白，眼泪横流。

董涵并不是第一次见到这种状况了。那年，晓真第一次约董涵出去，就是“Taboo”的万圣节派对。晓真笑着和她讲，一定要打扮好了再过去，dressing code 是 P。P？董涵并不知道 P 具体是指什么，但她又不愿意表现得什么都不懂的样子，也并没有反问晓真。是 P 开头的单词？董涵这样想道。

董涵过去从来没有参加过这样的万圣节巡游，她在 Google 上搜索了半天，觉得那些太过火辣性感的衣服并不适合她，于是就去永乐市场逛了一圈，买了一套十分可爱的虎皮鹦鹉头饰与披风。Parrot，鹦鹉嘛，董涵这样想道。

那天她穿着鹦鹉服从新生南路坐 643 路巴士往北，九点多的时候，已经快最末几班车了。上车的时候她就有些不好意思了，车里零星坐了几个衣衫拘谨满面倦容的加班族，他们非常礼貌地只瞥了她一眼。这一眼也提醒了她，她是有多么格格不入。

到建国北路的时候，她照着地址，很快就见到了 Taboo

的蝴蝶旗。夜已经很凉了，外头零星有些人走动，都是些打扮入时的姑娘，其中一个嘴上叼着烟，远远地朝她吐了一口烟圈，带着笑和女伴们说着什么。打开手机，董涵看到一条消息，晓真说自己稍晚些到，让她先进去，在吧台边等。

董涵看到 Taboo 那纵深的地下通道，不觉有些窘迫与害怕，但想起自己答应了晓真，不能临时打退堂鼓，便硬着头皮往下走。走道中那幽蓝色灯管的光耀在她身上，冷冷的，像要把她身上的色彩褪去，使她变作一个灰蓝色的鹦鹉。

到了酒吧门口，在机器上排队买票，便能听到门内的喧闹声与音乐。她推开门，一阵音浪瞬间将她包裹，而人流扑面而来，董涵仿佛置身沙丁鱼群中。许多人与她侧身而过，大多都是女孩子，她们挤向舞池中央，那律动的身体有的化着骷髅装扮僵尸，也有的黑裙蕾丝，一派哥特风。

董涵发现手机没有了信号，便只能傻站在吧台边，点了一杯橙汁。即便不在人群中央，动物造型的董涵手拿一杯橙汁的样子也足以引人发笑。那时蓝时粉的射灯在人群中流动，像手一样抚弄着董涵的肩颈，如那些好奇的目光一样。

喝着橙汁，在无数让她微微有些不舒服的眼睛中，董涵发现了晓真的那一对：今天的晓真，瞳色是赤红的，她梳着背头，微微的烟熏眼妆衬在苍白的脸上，衬衫、领结，是吸血鬼的造型。

晓真走过来，也没和她打招呼，就在她脖子上轻轻咬了一口。

董涵后来才知道，Taboo 是一家女同性恋酒吧，P 是一对拉拉里面女性化的那一个。当然那天的主题和P没有关系，也和动物没有关系，所谓的dressing code不过是晓真试探她的工具。

两人玩到半夜，也不知是故意还是让人疲惫的夜风作祟，晓真犯了哮喘，董涵顺理成章地回了晓真阳明山上的家。于是她成了晓真手中的香槟酒，开了塞，庆祝了整夜。

董涵后来才知道，她这种类型被叫作Spaghetti，亦即是说她straight until wet。经此一役，董涵过去对阿杰还有其他男孩子的歉意逐渐消退，而她在此种简单快乐中找到了自我，甚至开始沉溺其中。有些时候，她可以在晓真屋里逗留整夜，有些时候则不能，因为还有些商界政界的男人随时会过来，老段安排的。董涵曾问过晓真来台湾之前的事，晓真却总是笑着说，你要知道这些做什么，而且我说了，你就会信吗？

董涵毕业的时候，晓真和她讲，要不留下来给老段帮忙。老段正准备成立一个贸易公司，方便几个同事办签证过来派用场，可以直接聘董涵做助理。“这样你就可以留在台北了，小涵，在这里，我们在一起，很快就合法了。”晓真说道。

为了这句话，董涵在台北又待了三年。其间还要带着罗志明这些晓真的“客户”去日本或者新加坡和更高层的人接触。晓真总告诉她，再努力努力就可以退到后面了。董涵一直记得还在东北的爸妈不是看中天亚洲台的新闻就是大陆江苏台的《非诚勿扰》，还问什么时候自家闺女可以上这俩节目，董涵也总是笑笑，不答他们。她心里知道，自己没可能有这种际遇了。

晓真闭着眼睛躺了一会儿，稍稍平复了一些，而董涵则坐在沙发边陪着她。晓真声调突然低了下来，“你怎么没先来望我……”晓真闭着眼睛，面无表情地说。

“我怕不方便吧。”董涵往回退。

“老段把所有事都安排妥当了。我早没有事了。现在和之前没两样了。”晓真睁大着眼睛说。

“之前又有什么好的，天天偷偷摸摸。”董涵抱着手臂在沙发上说道。

晓真明白了她的意思，在她身边慢慢坐起来，伸手揽过她的肩膀。

“你是不知道，那天你一走，罗志明那个神经病就拿着枪冲过来，说他雇了私家侦探拍了我们的照片，说我骗他。他喝了酒，特别吓人，还说要弄死我。”说着，晓真撩开右耳的刘海就亮出了她右额头发根处的伤痕。

“然后你就杀了他？”董涵问道。

“我是正当防卫，他枪没拿稳，掉在地上，我就先抢了过去，我还让他不要过来。”

“那他枪是哪儿来的？”董涵问道。

“在台北，除了台北人没有枪，哪儿的人都有。关键不是枪，而是照片。”

“我倒情愿他公开照片，也不要现在这样。”

“那样会害死我俩的。”晓真说道。

“巴德都三岁了，我跟着你在这个地方搜情报也搜了三年……你之前……”

“等这件事完了，我们就想办法不做了……”晓真说道。

董涵接着说：“等这件事完了……你以为你的王志明、李志明还有老段会放过你？”

晓真望着她，说：“总有办法的，小涵，你要站在我这边。”

董涵说：“说来说去，你也只是想着你自己而已。”晓真停顿了很久，说：“我先去洗个手吧，我还是有点不舒服。”董涵便要扶她，晓真笑说：“不用不用，我可以的。”晓真起身往洗手间走去。

晓真用肥皂擦着手，把水流开得很小，缓缓地搓着手。她心里清楚，巴德是不能留下了，如果警察上门录供述，这小东西再“don't fucking shoot”这样叫喊——罗志明不大会讲中文，这句话岂不是成为她正当防卫不成立的证据了？

董涵知不知道呢？晓真有些不愿意这样想下去。总之，如果巴德这样喊下去，早晚董涵也会想明白，多生是非，早知道那天就弄死它了。现在的话，在确定董涵是否知道之前，稳住她，是最为要紧的事情。她知道的事情太多了，况且那些文件还在她手里。

晓真回到沙发旁，董涵问她：“你考虑得怎么样了？”

“考虑什么？”晓真反问。

“你喜欢一边洗手，一边想事情，我知道的。”

晓真想岔开话题：“巴德最近怎么了，怎么老是怪叫些奇怪的东西？”

“可能之前吓坏了吧。”

“它这几天经常怪叫吗？”

“没有啊，也就是今天，也不知道怎么搞的。不过它最近可能有点抑郁，啄自己的羽毛，又不肯吃东西。明天预约了去看医生。”董涵说道。

“要不还是先观察两天吧，也说不准的。”晓真说着的时候并不望着董涵，而是盯着柜子上的巴德，巴德也望着她。然而董涵并没有理会她的意思。

当晚晓真就留在了董涵家中，晓真说她暂时不想再回那个地方了，也不想住酒店。半夜起床去洗手间的时候，她经过客厅，看到窗帘栅格中幽蓝的城市夜色爬进来，一条条地在水泥墙上攀升，而在黑暗中，她知道正有一对眼睛盯着她。

“Don’t fucking shoot! ”她脑子中嗡地一响，然而四周其实是寂静无声的。晓真有些被自己吓到，她竟然会畏惧这样一个小动物。然而在夜里，在她看不真切的地方，她却感到巴德张开了巨大的黑色翅膀，在扇动无声的风暴，而其声响，凝结在晓真脑中：“明天去看医生，它会对医生乱喊什么吗？”

董涵睡得很沉，她见到了和平北路上的那条鸟街，林立的广告灯箱中间错杂着日本式的鸟笼，像榕树的气生根一样密密匝匝，罩了一天。她缓缓往前走，下水道口开始哗哗地涌出水来，水位线急剧上升，爬过董涵的脚踝，她只能双脚拖着水前进，然而水很快漫至膝盖，直到腰的位置。在这冰凉的河流上，所有鸟都在鸣叫，不是因为恐惧，而是因为愤怒。董涵环顾四周，远远地漂来几具尸体，她一一过目，有老段的，有罗志明的，有晓真的，当然，也有她自己的。她焦急地想要蹚过水去抓住自己，然而水流太急，地底的泥沙缠紧了她，她想要喊，喉头用力，却挤不出一个音节，而水位继续上升，即将淹没她。

董涵知道自己是在梦中，于是她拼命挣扎，如网中的小兽。她从湿透的睡衣里面钻出来的时候，那心脏还在扑通扑通地跳着。她发现晓真并不在她身边。

她忙裹了一件外套就走出了房门，便觉一阵冷风往脖子里面灌。客厅的窗户大开着，而厨房地上都是水。

晓真不知道哪儿去了。巴德，也不知道哪儿去了。

董涵忙把窗户关上，就打晓真的电话。那熟悉的电话铃声就在沙发上响了起来。董涵听着音乐，直到传来那个礼貌的女声，告知她暂时没法接通。她坐在沙发上，就这样一遍一遍地拨，就为了听听那音乐。

大概到了早上四点多，晓真回来了，右手上缠着厚厚的纱布。

“巴德！巴德去哪儿了？”董涵问道。

“它把我手啄了一个洞，你反而问它？”晓真平静地说。

“它为什么要啄你？你把它怎么了？”董涵非常着急。

“我出来靠在窗口想抽口烟，见了它，便想给它喂点东西，结果它就啄我的手。以前不是这样的呀，然后它就飞出去了。”晓真边说边轻轻用左手摸索着伤口绷带的边缘，面无表情。

董涵看着她，心里有好多句话要说，然而此时按捺住了。董涵只是说了句：“它被剪了翅膀，能飞多远？”便回身去厨房拿了一对手套塞在口袋里，出了门。

过了好一阵，董涵回来了，浑身湿漉漉的，空着手。

天逐渐亮了起来，董涵倒在床上裹着被子睡下了。折腾了一夜，她觉得头又凉又疼。大约中午的时候，她便发起烧来，不断地咳嗽。

晓真小心地照顾她，给她喝水敷冰块。

晓真守在她身边，像个雕塑一样坐在她身边，董涵就记得自己醒了又睡，睡了又醒，晓真总还是在她身边。

这曾经是董涵最渴望的场景。她慢慢睁开眼睛，望着晓真。

"小涵，一会儿你想吃点什么？"

"喝点粥吧。"董涵说。

"南昌他们家的青菜瘦肉粥？"

董涵微微笑了一下："谢谢你还记得。"

"那次你病得那么吓人，除了我啊，还有谁来照顾你哟？"晓真缓缓地抚弄着董涵的额头，"那天也是这种坏天气，特别像我们家那边，回南天，潮得滴水，我就看你这样发虚汗，唉，心里真的着急。"

"那次多亏你了。"董涵轻轻地说。

"你说我们在一起多久，再过几个月就五年了吧……"

"晓真，有什么话你就直说吧。"董涵打断她。

"小涵，现在这样的紧要关头，我们俩在一条船上，你要相信我帮我。"晓真轻声在她耳边说道。

"你要我怎么帮？"

“之前放在你这里的文件你可藏好了？你给我，我有办法，我找地方藏起来。对你我都好。”晓真攥着她的手说道。

“不然呢？”

“我担心条子来搜房子……”

“如果我不给你，你是不是也要像弄死巴德那样弄死我？”董涵闭着眼，说道。

晓真脸色转青。

“我知道的，你把巴德在厨房水池里面淹死了之后，把它处理掉了。你瞒不了我的，小区里面有摄像头。”董涵声音虽小，却是一字一句地说。

晓真松开手，站起身俯视着她，脸色已经完全变了：“你不要逼我。”

“你没把文件拿到手销毁，你弄死我也没有用。取保候审的女间谍再背一条人命，还有活路吗？”董涵冷笑道。

晓真转身，就在董涵的家中，挨个房间翻箱倒柜起来，书桌抽屉都抽得掉在地上，书柜背面和衣柜也被翻了个底朝天。

董涵躺在床上，听着一阵又一阵声音传来，觉得可悲又可笑。她根本没有看什么摄像头，她只是说了个谎话来试探晓真而已。她拿着手套准备下楼翻检垃圾箱找巴德尸体的时候，就想，干脆我一跑了之，报警算了，在这边判几年，回去又是几年。可是，董涵转念一想，那真是窝囊透了，她已经窝囊太久了。董涵想亲自和晓真确认一下，是不是她杀了巴德。听她从嘴里说出来，可以掐断自己残留的幻想。她回家开门的时候，就做好了出不去的准备了。被自己爱过的人杀死，比没有爱地过一辈子，还是痛快些。

晓真搜了一圈，跑过来问董涵："是不是就在那个小保险柜里面？你把密码告诉我，事情还有的商量。"

董涵说："别白费工夫了，晓真。别白费工夫了。"她的脸上甚至浮上了一种原谅的神色。晓真站在那儿，有些发愣，就这样呆了半晌。末了，她叹了口气。晓真拿起床头董涵的手机，照着自己手机上查找的内容输了一个号码，点了一份粥，最后加了句，来的时候先打下这个电话，我好下去拿。

晓真拿着手机和充电线，走到厨房，在厨房墙上充上电，然而把整个屋子四周的窗户全都关上。晓真把煤气皮管道用剪刀剪断了，扔到了地上。那皮管哧哧地往外出气，像条鞭子一样在地板上甩打。

晓真知道，外卖小哥来的时候自己脱身，屋子里也满是煤气了。一打厨房充电的手机，就会产生电火花，整个屋子都会起火爆炸，董涵和保险柜就再不能说话了。

晓真觉得这种感觉似曾相识，和她用枪托敲破自己额头、制造正当防卫现场的时候那感觉一样。晓真没有想到自己对待董涵与罗志明，原来是同一种感觉。只是罗志明完全不知道董涵的事，也没有所谓的照片存在，他只是发现了晓真的间谍身份而已，所以晓真必须"正当防卫"。

晓真安排停当了这一切，觉得前后这翻箱倒柜、制造现场的一阵工夫颇有些劳力，便坐在凳子上喘几口气，自然那刺鼻的气味已经传了过来，晓真便觉得微微有些胸闷，猛换了口气，就咳嗽了起来，脸涨涨的。她想去洗手间拿块毛巾，便支撑着手，要站起来，但顿觉手肘麻麻的，竟软了，眼一黑，便倒在了地上。她此时感到的不只是手麻，脸也麻了起来，胸口如同被一个气筒吹胀，但却无地出气，就要爆炸了一样。她喘不过气来，小口小口在地上急促地捯气，身子凉凉的。晓真知道自己的哮喘，被这刺激的气味诱发了。

董涵躺在床上，意识已经有点模糊了，那奇异的气味让她的脑袋嗡嗡然，顿觉如在水下听着岸上的声音，是两世相隔之感。董涵觉得自己在这水中越掉越深，那水上的光亮慢慢一缕一缕地隐去，声音也越来越小。黑暗逐渐包裹着她，送她到海底，而她也将沉沉睡去。

然而此时，却有一个声音在她耳中逐渐出现，而且越来越响。

“Don’t fucking shoot! Don’t fucking shoot!”

是巴德的声音，这声音不断提醒着她，不要睡去，不要睡去。

董涵好像看见巴德那黑色的剪影在她面前舒展着，而背后是极为强烈的光。董涵觉得四周的水都开始急速流动起来，仿佛托举着她往上。

浮出水面，她猛咳了几声，在床上坐了起来。那刺鼻的烟味和粗重的捯气声，一阵阵地传来。董涵勉力下了床，便见到了晓真的光景。晓真蜷曲地缩在地上，脸色煞白，眼睛泛红，胸部一腾一腾地动着，手正摸索着自己掉在地上的手袋。

董涵见了地上的煤气管和厨房里的手机便明白了大半。她望着晓真，晓真也翻着眼睛盯着她。

两人这样对望着，不似过往的深情，董涵并没有上前一步帮忙，也没有退后一步关门，更没有想过要去关煤气。

她就静静地看着晓真颤动的手，跳过了哮喘喷雾器，摸索着打火机。

在那么一个瞬间，董涵曾想，或许，两个人这样一起葬身火海也不是坏事。她几乎游戏一般放任晓真的手去抓挠那个打火机，享受俄罗斯轮盘式的赌局。

晓真喉头发出机车发动似的粗浊杂音，她那虬枝般的手，好不容易抓住了那火机，刚举起来，便又哐当一声掉在了地上。

董涵知道，她赢了。

董涵勉力支撑着，打开了门，出去后，就顺手带上了。

董涵望着这道熟悉的家门，也有种似曾相识的感觉。几天前的那个雨夜，她离开晓真家之后，发现寄放在晓真家的巴德忘了带回家，路走了一半，又中途折返回去。她在雨中见到了罗志明的那台车。

她在门外站了很久，听到了两人的争吵，听到了罗志明的那句“don’t fucking shoot”，听到了巴德的那一句，自然，也听到了枪声。隔着房门，见证谋杀和谎言，董涵没想到自己一生会经历两次。

董涵一阶一阶往下走，随着自己熟悉的音乐在身后响起，身后的屋子，发生了巨大的爆炸，直接把董涵震飞起来，继而滚下了楼梯。在烟石瓦砾之中，董涵视野也一片模糊，她只是大略知道身旁的人声很嘈杂，有人将她扶上了一辆机车，一个嗓音粗豪的人让她抱紧。那机车突突地越来越快，董涵头晕眼花，恍惚如阿杰载她夜冲上阳明山的感觉。

在飞速行驶的机车上，董涵有了一个奇怪的想法：会不会她错怪了晓真，巴德真的飞走了？而在睡梦中叫醒她的，也是归来的巴德。

然而她的思绪很快被她扶着腰的那个人打断，那男人正用蓝牙耳机讲电话："我现在把人送去医院……×，送个粥遇到公寓楼爆炸，亲像101跨年放烟花一样哦，夭寿。"

走马灯

一

青岛路头上的这家店，原来有个非常土的名字，“新浪潮”——作为一个影碟店，过分直白以至于浅薄。店甫一开出，小树就非常毒舌地和朋友说，我打赌，隔壁包子铺卖出一万个包子前这家店就得倒闭。

事实上，隔壁这家包子铺差不多一天就可以卖出一千个包子，是为青岛路上一大路标。眼睁睁看了隔壁大排长龙大半年、常搭着个板凳坐在门口的那个倒霉老板，终于卷铺盖走了人。接班的依然是一家影碟店，内部重新装修尚未开始，招牌早早挂了出来。小树那班狐朋狗友问他，你看这一家值多少个包子？

小树觑了他们一眼，烦不烦？

这家店名叫“春光再现”。

《春光再现》是王家卫的《春光乍泄》拍摄一年后原摄制组成员们制作的一部纪录片，重访拍摄故地，并公布了许多在成片中被剪掉的场景，比如关淑怡在其中扮演了一个无望地爱上梁朝伟的女人，她心知梁朝伟向往某天去到伊瓜苏瀑布，于是就在伊瓜苏瀑布找了份工，一干就是很久。

等“春光再现”装修完毕，那已经是深秋时节，N 大周边大片的梧桐树早黄了，秋雨一打，潮湿地铺满了道路，像一阵柠檬黄色的浪潮混合着泥土涌上台阶，大自然笔意纵横，有塞尚的味道。

小树的习惯是中午吃完饭后，会沿着青岛路消食，大抵是逛逛沿途密匝的旧书店，这天眼见碟店已开，就顺理成章地往里走。踏上水泥台阶，卷帘门上的“春光再现”四个大字工工整整，红色的字迹和黑色的背景，与原电影呼应了起来。门槛内侧，摆了一盆绿萝，长势喜人，颇给这里添了些人间气味。这间店面虽是逼仄，但门径倒很深，外边一进两侧墙面上按着国别分类间次排满了各色琳琅的 DVD，左边是卖的，右边是租的，内墙门边一排立柜上是许多纪念版的碟，以及一些导演全集。小树随意用手指翻动着碟，心不在焉的。他一时抬头看，发现墙面都被刷成了黑色，而柜顶贴满的海报，都属于王家卫，从左往右，《旺角卡门》、《阿飞正传》直到《爱神》。这老板还真有心，《爱神》的海报还收进来，是个处女座吧，小树想。

里面一进，就小了，虽是白天，灯光却昏暗得很。一边是 CD 和少量黑胶，一边就是张写字台，写字台后懒懒地坐着的是一个短发戴黑框眼镜的姑娘，三十岁不到的年纪，目不转睛地盯着屏幕。屋里除了她身后冰箱上的那盏小台灯，只有屏幕上蓝白的光在她脸上微微闪动。她脚下的那只大白狗，正耷拉着耳朵没精打采地趴着，似乎吃完了中饭，正要小憩。

新店开张八折，办会员卡全年七折。

小树恍然了一下，以为是自己身后传来的声音，因为眼前的这个姑娘依然目不转睛地盯着屏幕，看都不看他，几乎是腹语术。小树半晌才反应过来，礼貌地点了头。这个店主诡异的神态使他十分怀疑她不是正经做生意的，他脑子里竟浮现出电影里常有的借着这种买卖名义办会员卖毒品的桥段……

小树东张西望，黑胶唱片里有几张 Xavier Cugat 和 Caetano Veloso，都是王家卫极喜爱的歌手。小树像孩童那样胡乱地撩拨着柜子上不存在的琴键，仰着头就着外头的日光，好奇心与陌生感如同黑白键那样交相跳跃起来。他脑子便也开始胡思乱想，也不知怎的忽然想起了许久之前闲看《看电影》的时候，扫到一眼说马丁·斯科塞斯要修复《牯岭街少年杀人事件》，之后似再无消息了。

他回过身来问女店主，《牯岭街少年杀人事件》的修复版出了吗，你这里可有？

女店主依然目不转睛地盯着屏幕。

他又提高了音量重复了一遍。

女店主愣了一下，抬了一下镜架，眨巴着眼睛，快速扫了他两眼，不好意思，你是在和我讲话？她神态好似刚从被窝里钻出来，一脸无辜。狗儿似乎也醒了神，半起了身来，巴望着小树，吐着大舌头，好像也在期待着他的回答。

是啊，你这里会有《牯岭街少年杀人事件》的修复版吗？

啊那个啊，店主撇了撇嘴，估计得黄了。

就是说不出了？

很可能，据说是版权问题。杨德昌也挺倒霉，摊上个烂发行公司，把原始拷贝保存得那样坏，估计修复成本太高，价钱谈不拢吧。我自己都等得很窝火。

这样啊。昏暗光线里，他听她漫不经心地说，这才看清楚角落里那盏小台灯原是一架走马灯，上面绘着伊瓜苏瀑布的图景，随着走马灯轴的转动，瀑布的水流在光线掩映下簌簌流动。

这是《春光乍泄》里的走马灯。

对啊，我专门收集这个的。

哇这样啊，我之前都很想买一个，可是现在好像哪儿都找不到了。淘宝上倒是有……

那都是假的……至少大陆的真货源都在我这儿。

小树吃了一惊，那你得有多少套啊？

呃，全球限量 2046 套，我现在已经有 300 多套了。这个姑娘说这个话的时候气定神闲，好像这个数字只不过是这个月的电费一样。

300 多套，你要这么多……能不能卖我一套啊？

店主嘴角向下一弯，头一歪，摇了摇头，眼睛依然直视着屏幕。

小树有点受不了这个女人的傲慢了，你这是囤积居奇投机倒把啊，其他想买的人还有活路啊？

她几乎是耐着性子微微转过来，低下头，鼻梁上的眼镜架向下滑落了一些来，此时他就与她翻着白眼的眸子四目相接了。这店里的其他碟呢都是用来卖的，但是《春光乍泄》的典藏版和里面的走马灯我一个也不卖，不管是谁都不卖。白狗看看主人，再看看小树，傻愣愣地哈着气。

这婆娘脾气还挺怪，语气和外交官一样，小树心想，老子长这么大还没被人这么戗过，人说顾客是上帝，哪有做生意的是无神论者？

那，你只送人是不是？

她看都不看他一眼。他有些讪讪的，东张西望，买了几张库斯图里卡的碟，到柜台上算了账，她飞快地在计算器上戳了几下，报了个数字。小树也不应，直直掏出零钱来，放在桌上，转身就走。

要是有《牯岭街》的消息，我会和你讲的。

他回过头来，眼见她还是眼睛死死盯住屏幕，心里暗暗想笑。

说来也奇怪，后来几乎每隔几天小树就会到“春光再现”去转转，有时是与新交的女友小西一起来看看有什么新片，或者有什么可以收的周边。小西是学电影的，大概“嫁鸡随鸡”，他就更加留心寻些电影来看，免得在文艺女青年面前丢了范。有时他厚着脸也问店主的意见，老板常带着半分调侃地说，何必来问我？身边就有个现成的专家。

专家也有漏网之鱼不是，他对女友嬉皮笑脸起来。

女朋友爱看啥你就看啥呗。

实际上，后来这个叫作小舟的姑娘着实给他推荐了一些好片，他尤其喜欢她推荐的是枝裕和，后来自己竟一口气把是枝裕和的所有片子都给看完了，甚至在第一时间等来了新片《奇迹》。然而，《牯岭街少年杀人事件》的修复版始终没有出来。而每次小树来“春光再现”的开场白“修复版出了没”后来也愈加成为一种心照不宣的客套，几乎等同于“今天生意怎么样”或者“狗蛋今天怎么没精打采的”。“狗蛋”是那只狗的名字，小树始终想不通为什么会取一个这样的名字，总觉得有点侮辱的意思，但说不清到底是侮辱狗还是侮辱人。值得补充一句的是，小树和狗蛋成了好朋友，鉴于小舟得看店，她央小树和他女友午饭后轧马路捎带上狗蛋，顺便也好见见它南秀村的相好。

当然，虽说小树后来仍变着法地提及，小舟却始终都不肯转手她的走马灯。

小树为何如此执着地想要一个走马灯呢？其实他自己也不很清楚，虽然电影中的几个桥段确实给了他好些感动，但好像他是不知不觉就轴起来了，变成无聊生活中的一个盼头、一个虚妄的追求。也许正是他性格中的这些无逻辑的念想常常占据了他的头脑，使得他的小女友很不满意自己的地位，常给他些莫名其妙的罪受，他有时也没法，只好逆来顺受，以证明他自己的一片真诚。当然他依然故我的性格，使得两人的关系总在互相消磨。

毕业如期而至，小西去了香港，而小树留在 N 大继续搞他的《品花宝鉴》。终于两个模棱两可的人虽都没有说出分手的话，但中秋之后大吵一架，冷战了两个月，小树真是觉得绝望极了。

毕业季乱糟糟的，研究生入学又换了校区，回鼓楼都极少了，自然小树许久都未光顾“春光再现”。这几日小树帮导师往鼓楼去翻查一份材料，本是极容易的事，了了之后，他便非常自然地往青岛路那里走去了，顺便也望望狗蛋。哪知才走到青岛路路口，便见店口铁将军把门，也未有任何说明。冬日阳光一照，顿觉萧条得干干净净。小树十分之奇怪，因为这家店素来开门准时，雷雨天都毫无影响，于是他试探性地给日常查询碟讯的那个微信号发了一个短信，今天你家店不营业吗？

大概过了十分钟，回过来一条信息，我和狗蛋在鼓楼的动物诊所，下午不一定会开门。鼓楼的那个动物诊所离青岛路并不很远，小树收起手机就往诊所的方向快步走去。

这家动物诊所的格局，与别处并无不同，无非是满墙的卡通画与动物图片，安放动物们的小隔间一律漆成白色，整整齐齐地排了一边。他一眼就望见了穿着厚厚羽绒服的小舟，她静静坐在椅子上，抱着狗蛋，边听着对面的医生说话边点头。狗蛋闭着眼似乎正沉沉睡着，身子都要消瘦了一半，几乎是塌皮塌肉地搁在小舟的腿上。小树眼见如此，就悄无声息地坐在了大门边的长椅上。

见到小树的时候，小舟并没有流露出吃惊的神情。她神情疲惫，只不过客气地露出了一个打招呼的表情，环抱着狗蛋的手指在它洁白的皮毛上轻轻揉了几下。

两人并肩走了一路，小舟才开了腔。

狗蛋太老了。

那医生是怎么说的？小树掂量着说话的语气。

秋天的时候就知道没什么办法了，在动物医院住了一阵，我舍不得，又抱回了家，这几天狗蛋就不吃不喝起来，也叫不出声，痛得喉咙里干号。

小树发现小舟的声音都别扭了起来。他也不知道说什么，本想帮着她抱一会儿，但很快就放弃了这个念头。小舟抱着狗蛋，就像流亡者抱着唯一的领土，对于世界有种以死相拼的坚决。

小树跟着走，小舟拉开卷帘门，跨步进去的时候回过头来说了句，你进来吧。好像是突然才想起他在身后一样。

小舟轻轻地坐在自己常坐的那张椅子上，就把怀里的狗蛋搁在了自己的腿上，习惯性地摸摸它，手指悄悄穿过绒毛，如同在拨动着熟睡情人的刘海。她说，医生说狗蛋快不行了，我想让它留在店里，你也留下来陪陪它吧。

小树小心地坐在了她旁边。

它跟着我来南京已经四年多了，估计它也没想过自己会客死他乡。

你是哪里人啊？

上海的。

那你为什么会辗转到南京来，开了这样一家店？

大概是对于小树的问题毫无兴趣，小舟沉默了一会儿，站起身来，把狗蛋放在椅子上。喝啤酒不？

我不大能喝，特别容易脸红。

我没问你这个，你到底喝不喝啊？她几乎要狠狠瞪他一眼了。

喝，我喝。

小舟把卷帘门拉下来，屋里就只有一盏小台灯的微弱光线了。小树眼见着小舟回身去了里屋，从冰箱边抱过来半箱啤酒，还有些未开封的熟食。小舟又搬了张藤椅过来与他对坐，就这样对着喝了起来，也不说话。气氛虽沉闷，倒很安稳。小树酒量很浅，喝了不一会儿就有些迟钝了，而小舟则神情严峻，毫无影响。

小舟继续喝了两罐，似乎慢慢想起了什么似的，扶着椅子歪歪立起来，就从办公桌底下拆了几个拖线板出来，进而从柜子里又掏了几个新的，翻箱倒柜地搬出一些物什来。小树虽然有些醉意，但却看得清楚，小舟正从碟柜底层搬出许多盒子来，分明是许多《春光乍泄》的典藏版。她将它们一一拆开，把其中的走马灯好好拿出来，解开缠好的电线，一个接一个地插在拖线板上。不一会儿，小舟就把整个音像店里都摆满了走马灯，随着开关“啪”的一声声，整个房间都被点亮了，一个个的走马灯微微转动，发出蓝白色闪动的光，互相映照。天花板上呈现出一个个光轮，好像紧扣的大大小小的齿轮。走马灯慢慢旋转，圆轴上有节奏地发出“咔咔”的微小声响，两人都不作声的时候这声音竟显得有些刺耳的寂寥了。

她把狗蛋轻轻抱在怀里。

她说，我有点想关门不做了。

因为狗蛋的事吗？

没有，就是感觉现在快没有当时想开店的心情了吧。

说说看呢。

说来话长，很无聊的你都要听吗？

听啊，这样我还可以趁机少喝几罐。

她说，我其实还有家网店的，也叫“春光再现”。不过那一家，就专门卖《春光乍泄》的周边，包括附带走马灯的典藏版。当然，其实我不是真的想卖的，我只是在等一个人来买而已。

那是以前我喜欢过的一个人，他从在南京读书起就超爱《春光乍泄》的。06 年夏天快结束的时候，这个电影十周年，在香港出了中文典藏版，于是他就一直很想买一套，可是内地没有渠道买。我当时对他讲，我在香港读书，一定会想办法送他一套的，他那个笨蛋却说不用啦，他自己可以买得到的。这个笨蛋真是笨死了，我当时就很生气，赌咒说我将来一定要开一家网店，把全世界的货源都尽量搜罗来，让他无处可买，必须找上门来，央我送他一套。我说到做到。

所以你从来都没有卖出过一套，因为你根本就不想卖，对吗？

我怕，卖出去一套，几经转手，就变成了他的。他就再也不用找这家店，遇上我，拿到这架走马灯。其实我也想，哪有这么巧，卖走一套就到了他的手里？当然，也可能他早就买到了，但如果我慢慢这样一套套地卖出去的话，总有一天，我的手上就什么都没有了。我也就和他一点关系都没有了。

小舟歪着头，斜斜地看着远处，好像在说着童年趣事一样，不时调侃地笑一声。她自说自话的样子很放松，不时举起罐头轻轻喝两口。小树心想如果在“南京 1912”看到这样的女人，那她多半是刚失恋了。

那，后来呢？小树发现自己问了个愚蠢的问题。

我们后来就没什么联络了，我也不想去问。然后我就带着自己的狗从香港来了南京，安心在他待过的地方卖碟，之前是在三牌楼那里，后来接连搬了几次，才到这里。

又是香港。

香港怎么了，你也和那里有仇啊？

没有，我都没去过，哪里有仇。你知道吗，后来小西去了香港读书。

哦，那看来你日子果然不好过啊。

是啊，我感觉我俩差不多就快算分手了。

说得这么严重，将来估计还是你挽留她吧，我看你啊就是这种人。

好吧。

我觉得你们这班读中文系的吧，都有点那啥。老是瞻前顾后，不去好好做点事情，净在脑子里想这想那。

我想可能主要是因为我太不靠谱了吧。

你有没有看过森田芳光的《其后》？你跟那男主角又有什么分别嘛，当时一念之间，然后花上很久来后悔。这样有意思啊？她叹了口气，微微斜靠在架子上，看着怀里的狗蛋出神。

那你觉得我现在应该怎么样呢?

本来我好想骂你的，还来问我怎么样?唉……要我说，不要多久也就圣诞节了，你要是能在那时候出现在她面前，陪她过个节，什么话都不用讲。她孤身一人在那边，你想想，我觉得她还是很需要你的。

可是，她在香港啊。

你人是死的啊?办个通行证，十个工作日准好，再买个机票不就行啦。明天一早你就去公安局排队，还怕来不及?

她看小树不说话，轻描淡写地说，你要是钱不大够，也可以坐火车到深圳，再过关的。

小树突然自责了起来，觉得自己素来以为理所应当的事情或者理不应当的事情其实如此虚伪，这样束手束脚。小舟说他时的样子虽然有些骂的架势，可是内里满是为他着想。

我明白你说的，谢谢你。你不这样推我一把，我可能什么都不会去做呢。

谢我做什么，看到你们这些磨磨叽叽的就着急，其实就是欠一顿痛骂而已。

说到这儿，她好像想到了些什么，笑着说，当时有人来痛骂我一下就好了。

她站了起来，慢慢悠悠地捧起了一架走马灯来，她手指轻轻支着，歪着头端详。走马灯上幽蓝的色彩在她脸上盈盈流动，水波在她面无表情的轮廓上舒缓了起来，就好像戴着面纱，在被风吹动着，而掀起这层面纱，她就可以看见过去。

我准备把这架走马灯送给你。

他说，怎么突然想起这个来？

不过有个条件。

那你说就是了。

她说，这架走马灯是给你和小西的，不准你们卖掉或者转赠别人，要是落在陌生人手里给我知道了，我一定给你好看。

他不知道该坐该立，手足无措起来。如果是在往日，这突如其来的收获定让他高兴得很，然而现实却并非如此。

好，我答应你。

他很想再说些什么，可是看着她抱着灯，在屋檐下慢慢踱步，不禁同情起她来，渐渐意识到，她也会像这只狗一样油尽灯枯吧。

二

她又把手机掏出来看了看，想想要不还是算了吧，怪别扭的。小西还在犹豫的时候冷不防被人撞了一下，一个踉跄，手机也差点脱手。她还没回转身来猛看，就听见一个男人满口“sorry”地赔罪。她定定神，回头一看，原来是一个肩膀上扛着一个金发孩子的鬼佬，那人连连做了几个无奈又歉疚的鬼脸，示意人群实在太拥挤了，而他的孩子满口啃着糖葫芦，似乎对周遭都失去了兴趣。小西嘴角表示谅解地挤了个弧线，但很快又被人群挤开了。

中秋的维多利亚公园里似乎挤满了全香港的游客，其中又有相当多是鬼佬，他们手里提着电灯笼，嘴里含着今天刚从深圳运来的、塑料包装的冰冻山楂糖葫芦，看着满园的花灯四处寻觅，似乎想在这小小的公园看遍整个中国。组织者似乎也对此十分了然，广式烧卖、山西糖画等一应俱全，而表演舞台上普通话与广东话齐飞，一会儿是热闹的蒙古族舞蹈，一会儿是狮子长龙一顿乱舞。观众一例是拼命鼓掌。公园西南角的灯谜会似乎已经开始了，许多人正在灯谜擂台边有序排队，领着派发的谜面和铅笔，好像开仓赈灾的时候一般。

小西微微有些后悔来维园了，想来要不是舍友去她男朋友的住处，办公室的同学们也都不便相约，自己大略很难像普通游客那样来凑中秋的热闹。

之前和爸爸妈妈打电话的时候，她和妈妈闲闲聊些这里的风土人情、家里的情况。然而她自己很清楚平静的小镇上无非是些万年如此的琐事人情，而妈妈不过是很想听她说话，至于说的是什么，反倒很是不要紧的。

她抱着自己的手臂乱走起来，想起旧年中秋在夫子庙时候的人山人海，那次如果不是小树坚持，她决计是不愿去的。他说，你这人啊，就是太精致计较了，凡事都先有个冷眼，其实凑热闹也是有凑热闹的快活，你就当尝尝鲜嘛。回想起来，那夜的夫子庙真是热闹拥挤得极有市井气，其间的没秩序都会让人觉得那里肆意潇洒。与这里的井然而克制相比，那个中秋真是有点摇滚音乐节的感觉。

小西又看了看手机，已经八点了。小树饭后给她发了条“中秋快乐！要好好玩啊”的短信过来，她看了昨天微信群里的聊天，知道他们还在南京的一伙人要出去玩，此刻大略正在兴处。小西觉得这条短信很有些例行公事的意思，就忍着气回了条“中秋快乐！你也是啊”。为了让语气显得不那么生硬，她还在后面加了个笑脸。她与人发信息每至说气话时，总会习惯性地加上些表情欲盖弥彰，常常是此地无银三百两。短信发了出去，她有些微自责，怕扫了他的兴，显得她小气。可是她明明就不高兴。她每隔一会儿就举起手机来看一下，虽然明知自己的短信没有一点要人回的意思，但还是希望他说点什么，多少说一点，能懂得她现时的意思。

手机“吱”了一声，她掏出来看，是个陌生号码，号码是八位。香港号码，她想。

“祝你中秋快乐哈！来香港这一个月还适应吗？”

她顿时一头雾水起来，这是谁呢？无名无姓的。

她非常礼貌地回了条：“谢谢你的祝福！也祝你中秋节快乐！来这边还蛮好的，认识很多朋友呢……呃，我之前手机坏了，通讯录都没有了，请问你是？”小西发觉“通讯录没有了”这个谎言几乎就是为这个场合而生的，于是也就不称之为谎言了吧。

“吱”的一声，“哈哈，这样啊，我就是你来港大第一天在黄克竞楼遇到的那个李舒骏啊，帮你拎行李的那个，你还记得我吗？”他也在后面加了个笑脸。

想起刚来港大的第一天，真是一地鸡毛。坐机场快线到了港岛后打车到港大，行李一大堆搞不清状况的她在香港大学西闸就下了车，哪知大学依山而建，离自己的宿舍还有百米海拔和崎岖山路之隔，面对黄克竞楼下的悠长阶梯，她不禁沮丧透了。她当时半句广东话都不会说，想请人帮忙也不知从何开口，正当踌躇时，有个操着一口普通话的男生问她是不是新生，她一听国语就亲切起来，连连应他，他很主动地帮她提起行李来。男生搬得满头大汗，但依然很有热情，这使得她竟有些别扭起来。她再三谢过之后，李舒骏说我留个电话给你吧，你还要什么帮忙就找我好了。小西心里觉得略有些怪，但还是把电话报给了他，他还打了个电话过来。这样你就有我的号码了，他笑着说。

后来他俩好像在大学街碰上过几回。然而不知道是什么原因，小西后来还是没能把这个号码保存下来。

"我记得你啊，那天真是谢谢你啊。"

"不用谢啦，应该的。你现在在和你的朋友们玩吗?"

小西有点不知道怎么回答，其实她是一个很怕撒谎的人，但现实催逼，常要多少撒一点，这往往使她紧张异常。然而她也不知为何，今晚不愿骗他。

"我在维多利亚公园随便看看花灯呢。"

"什么？我也在呢!"那边回得飞快。

小西觉得这小小的世界真是奇妙，而且讨人厌。自己的男朋友竟然发短信还没有一个陌生人勤快，再一想，觉得自己又有些不妥。

手机剧烈振动起来，显示来了李舒骏的电话，小西不禁一惊。红色的挂断键在屏幕上一闪一闪，与手机的振动同步着，她的手指微微发麻。她伸出手指去滑动解锁，手机却不应景地无反应。她不自然地着急起来，好像赌徒刮着奖券。然而这破手机成心和她过不去，一直重复着振动与跳动，她想把手机屏幕先关掉再重开，不想一键按下去，竟然挂断了。

小西赶忙回打过去，免得他误会。小西最怕给人误会她是个高傲不近人情的人，她冷冰冰的时候只不过是在走神。这时公园里忽然放起烟火来，人们先是一惊，继而欢呼起来。巨大的轰鸣声隔空直直立起来，几乎盖过了小西耳边“对方电话暂时无法接通”的粤语女声，小西在此起彼伏的欢呼声中整个人似乎都在内里奔跑起来，像跨栏运动员飞过一个个“无法接听”，等待着不远处的嘟嘟声。

在兵荒马乱中，电话终于通了。

“你在哪儿？”李舒骏几乎声嘶力竭地在喊。

“……你在哪儿？”小西喊回去。

“哈哈哈哈。”李舒骏忍不住在电话里笑出了声。

“你笑什么！你在哪里！”

“没什么！我在那个‘麦兜’的背后！”

“我在时钟下面！”

“那我过来找你！”

小西就眼见着一个满头大汗的男生几乎是从人群中游了过来，顿时觉得这人实在呆得好笑。

“你好！”他大声跟她问好。

“你好啊。”

“你的朋友们呢？”

“你的呢？”

“就我一个，他们都去陪女朋友了。我听说这里有猜灯谜，就跑过来玩了。”

“你喜欢猜谜？”

“对啊对啊，不过一点不厉害的。那边还有十五分钟就要揭晓谜底了，我们赶紧去拿个谜面猜猜看吧。”

他满脸热情，真像园游会里的小孩。其实小西对于猜谜没有特别的兴趣，但看他这个样子，就不好怎样拒绝。甚至觉得眼前这个人也像一个灯谜，谜面一出，谜底就显而易见。然而这种显而易见使她觉得不安，甚至难以理解，以至生出少许好奇来。

西南角的猜谜专区上，端坐着一个穿长衫打扮得像算命先生的人，他坐在台上高谈阔论，似乎是在给些灯谜的提示，顺便说些灯谜的历史。身前的小桌子上摆满了用毛笔书写的布条，大概是香港猜谜会筹集的资助和网站介绍。他身后一面广告墙上都是谜面，下面的空白正等待着填满。

两人来到派发谜面的柜台上各领了一张谜面纸，上面除了谜面，就是一些个人信息，原来猜对了还可以参加大抽奖，奖品有走马灯什么的。小西心想，真是具有香港特色的猜谜大会。

她望望李舒骏，他正像身后的那帮小学生那样认真看着谜面，还不时问她，这个字的繁体怎么写、有多少画。在他看来，学文科的人一定是对这些了如指掌的。

“拿破仑后裔？提示是四字世界名著，还说明是卷帘格。”

他问她有什么意见。

“我已经猜着了。你再猜猜。”

“你这么厉害啊，我还感觉一点头绪都没有。”

“提示你一下，虽然说是世界名著，其实也把中国名著包括在内。”

他认真地想着，还不时用铅笔写写看，过了一会儿终于想出了“孙子兵法”这个正确答案，小西不禁为他松了口气。

说来也奇，李舒骏颇有些士气大振的样子，连连猜出了好几个灯谜，后来实在有些难处的稍经小西提示，都很快猜了出来。快到八点半钟的时候，参加者一一在箩筐里投下自己的答案。“算命先生”有点得意地望着众人，添了羽扇纶巾，就像极草船借箭时稳坐船舱的诸葛亮了。

李舒骏摩拳擦掌等待验证自己的正确答案，然而看见小西抱着手臂冷眼旁观，便不知说什么好了，如同憋了一个笑话而不能与人分享一样。他看眼前这个冷感的文艺女青年，来到这南方小岛上与一大群陌生人共度中秋，觉得其实她也怪可怜的。

答案逐一揭晓，每次随着意料之中的正确，李舒骏都能高兴得像孩子一样几乎要跳起来，即便猜错了几个，他也满脸欢欣，好像已经赚到了，满怀期待地等待着未来。

怎么着，猜错了还这般高兴？小西问。

这个不要紧的啊，我去年来猜谜的时候，一共就答对了两个，今天比去年好多了，我就已经特别开心了。而且不可能有人都答对的啊，我就想最后抽奖能抽中我。你想啊，我已经猜中这么多了，中奖概率真的很大的。李舒骏紧紧攥着那支铅笔，好像跑马场那些站在座椅上手握马经等待结果的人。

其实小西从来都不相信这些东西，因为她觉得这些玄而又玄的极为不靠谱。她说，你还相信这个啊，从小到大我连冰红茶都没中过。看来你是运气好惯了。

你有没有听过伍迪·艾伦说过一句话，人如果相信运气，说明他已经看透了人生。

听到眼前这样一个典型工科男一本正经地引用起《赛末点》里面的台词，小西实在忍不出扑哧一声笑出来，喂喂，你老实说，你看过伍迪·艾伦哪些电影啊？

李舒骏挠头了起来，眼睛笑眯眯的，而眼镜片反射着闪烁的光。啊其实啊，我嘛，一部都没有看过，我这个是在杂志上看来的，我就记在了笔记本上。我以前一直想当一个作家，但是觉得自己都没有准备好，所以经常看一些杂志记下里面的名人名言或者好玩的段子，准备将来可以用。当然啦，我直到现在都还没有写出来。他非常认真地补充了一句。

我移动硬盘里有伍迪·艾伦的全集的，下回拷给你看吧。小西有点给学生布置作业似的得意。

他说，好啊好啊，求之不得，我正想提高自己的艺术水准呢！

还未及李舒骏详细说及自己的艺术水准，台上敲锣打鼓地准备宣布抽奖结果了。

诚如一切通俗小说对于小人物不幸命运的小小安慰，李舒骏终于顺利中了奖，他大概将来都不用去参悟人生了。李舒骏自然是高兴得不得了，而小西也被他这种有些无知无畏的性格感染，心情总算比之前好了些，她从没想过中了个走马灯能给一个人这样多的快乐。

李舒骏手中的走马灯，和《春光乍泄》中的那一个完全不一样，外形是木质的八角宫灯，内中一根蜡烛，黄黄的光线透在灯纸上，把一个个走动的戏曲人物照得时深时浅，慢慢悠悠，恍如梦境。

李舒骏说，我想把这个走马灯送给你。

为什么要送给我？这是你赢来的啊。

他说，要不是你给我那么多提示，我哪能猜出来这许多啊？

我不要。

真的啊，我运气好，明年肯定能再中的。

你是说我天生运气差是吗？

他赶忙说，不不不不不，我说错了对不起，明年我全靠自己一个人猜谜中了奖我再自己留着，而且你看起来不是很开心的样子，送给你，你会开心一点嘛。

你哪里看出来我不开心啊？

你哪里开心了？你看起来就像在维园里巡逻治安的便衣女警，根本心不在焉。

小西倒真不知道该说些什么了，被他说得又有些生气，又有些失落，心一横，就接了过来。两人拣了块小空地就赶紧坐下了。四周的人见来了新人，都非常配合地缩回了腿，微微给他们多腾出了些空间。

小西望着自己手里的走马灯，想起小树曾经许诺过她说，一定要买到一架《春光乍泄》里面的走马灯送给她。她很不喜欢他这样，如果真要送给她就送给她啰，有什么好刻意讲出来的。况且，事实上他也没有兑现过自己这个诺言。小西心里虽然不高兴，但面上总是不说的，她很想看看他什么时候会给她一个交代。也许，就没有了，他就是这样的人。

李舒骏接了个家里的电话，大略是和妈妈拉着些家常，因为是广东话，所以小西听不太明白，也不愿细心去听，而这声响便慢慢变成了一种无意义的伴奏，就像沉默一样。

小西环顾四周，草地上许多都是全家出动来野餐的，小孩子在地上乱跑，父母看着满是高兴，树下的情侣们在小心地接吻，各处有人玩着荧光棒之类的玩意。人们站起来坐下，进进出出，充满节日气氛。而小西身边这个陌生的男生，正在和家人笑着说些什么，轻松地附和着。

小西忍不住又看了一眼手机，发现手机已然没电关机了。她心里清楚，也许只有在手机没电的时候，她才会相信他回复了她的短信，相信他正想念着她。

三

小舟闭着眼睛，她很清楚自己已经很累了。她把手交叉着安放在自己的肚子上，好像卢浮宫里面那些中世纪棺椁上的人形浮雕一样。然而，她也知道自己心绪已乱，断难入睡了。她睡在沙发床上，却像躺在微微泛动的海面，稍一动弹，就要沉入海底那样紧张。此时的她几乎无妄地等待黎明，如同在海面上等待着岸。

她知道今天严逸的心情一定是很不好的，离开酒吧后他就一直没怎么说话，回到公寓里，匆匆洗了个澡也就进里屋睡下了。走出酒吧，午夜微凉的巴比隆街头，他一个人匆匆走在前面，背影真像今天齐达内被罚出场与大力神杯擦肩错过时那般落寞。

她却说不上是悲是喜。他和酒吧里的那班法国佬一样着急上火地呼喊着，卡座边的几个意大利人小声抱怨着，却换来更大的呼喊声。她暗地里是个意大利球迷，之前严逸问她支持谁，她违心地说都还好。他这样喜欢法国队，喜欢齐达内，是她之前没有想到的。小舟跟着爸爸一起看球起，就喜欢上了那个美国烈日下扎小辫的意大利队 10 号，时过境迁，巴乔早已成了闲云野鹤，而她还是习惯性地喜欢着意大利，直到现在。晚上决赛意大利踢进扳平比分的一球的时候，她都乐得差点要叫出来，然而终于没有。她偷偷看了看那时他面无表情的脸，有点劫后余生的感觉。

酒吧散场的时候巴黎都显得肃杀烦躁起来，路上行人有些还满身酒气地对特雷泽盖射失点球骂骂咧咧。其实，虽然意大利队得了冠军她心里有着十分的得意，但是看他一晚上沮丧的样子，实在有些不忍。这个晚上甚至有那么两分钟她想要是法国赢了能让他高兴那倒也值了。

她想，他现在大概早已经睡着了。这两周的旅程已经使严逸疲惫不堪，陆续送走了另外那两个精力旺盛的捣蛋鬼，明天再送完小舟的话这段四人流窜意法的生活也可以告一段落了。虽然他来巴黎交换已经一年期满，但他说，他想之后一个人去趟阿根廷，去看看伊瓜苏瀑布，就不和大家一起回国了。大家面面相觑，心里很是明白的。

小舟和其他两人这两周来一直都没敢问他，为什么会和他女朋友分手。明明高高兴兴来这边看读研的女朋友，怎么却成了这样？小舟怀着复杂的心情想着想着，感觉似乎天都要亮了。

最后她好像还是睡着了两个小时。她醒来的时候发现他早已经洗漱完毕，甚至下楼买过早餐了。他坐在客厅餐桌旁一边读着一本小说一边缓慢举起牛奶杯喝一口，他认真而漫不经心的样子不仅使他添了一唇白胡子，还使他显得并不单单在等待着她起床。她这才发现自己的睡姿其实并不很雅观，迅速地掖了掖被子。他迟缓地反应过来她已经醒了，并且自己的存在很不合适，于是放下书，端着牛奶杯往天台走去。

“早餐在桌上，等会儿得抓紧点出发去拉雪兹神父公墓了。下午四点的飞机，我们十二点钟左右就得吃完中饭，准备去歌剧院站坐机场快线了。”

公墓是她坚持要去的，为了她的偶像王尔德。虽然有些俗气，但是她还是为此涂了玫红色的唇膏。

下了奥古斯特站，他终于忍不住要笑。

“不准嘲笑我！”

“我没有嘲笑你，我这是觉得特别神奇。以前来公墓的时候看见王尔德墓碑上那么多的唇印，觉得，哇，法国人好浪漫。想不到……”

“想不到我也顶了个烈焰红唇是不是……”

“没有没有，我没有任何看不起烈焰红唇的意思……哈哈好吧，我承认，我就是单纯觉得这很好笑而已。”

她嘴狠狠努了努，心里却觉得他心情似乎恢复了些，大体是安慰的。

到了公墓的正门，小舟才发现原来这公墓也像一座小城市一样，有街道小区，错落有致，可以像寻门牌号那样搜寻名人住处。自然这里的构造更加小而微，以至于游客常常迷路。

她非常兴奋地翻出来一册旅游书，将上面的名人墓碑分布图颠来倒去地看。严逸看不过，说道，你东南西北都分不清楚，还是给我来看吧。

小舟只得递给了他，说道，先去找王尔德。

小姐别着急，唇膏不会化了的，他说。

拉雪兹公墓原来是个并不知名的墓园，墓地也都卖不出去，后来营销策略一改，邀请名人身后入住，才声名鹊起。然而许多游客的拜访并没有丝毫削弱这里的肃穆气氛，虽是盛夏，但在行道两旁成荫的山毛榉和桦树掩映下，小舟心里感觉是清冷的。

二人按图索骥地四处张望，挨家挨户地读着门牌，就像在真实世界里穿行，寻找自己心仪的位置。客观而言，小舟并不觉得王尔德墓十分难找，她想也许是因为寻访王尔德的大多是文艺女青年，而她们身边未必常有个地图达人陪伴吧。

这墓碑大得颇有些突兀，上面是一个飞翔的亚述男人的浮雕像，墓碑上简洁地刻了奥斯卡·王尔德的名字，地上摆满了一些小蜡烛和花卉甚至有王尔德的小像，此外就是密密麻麻的唇印，以及各种用唇膏写给王尔德的短笺。

小舟走上前去，轻轻触摸着大理石质地的墓碑，端详着上面只属于王尔德的絮语。她忽然若有所悟地招呼严逸过来看一段文字。

Life is one fool thing after another whereas love is two fool things after each other. 他轻轻地读了出来，半皱着眉头问她，看来你们这班文艺女青年都喜欢这样的俏皮话呀？

难道他说得不对吗？她问道。

说句实话不怕你笑我，很小的时候不是都看那种名人名言做积累吗，所以我一直以为世界上有一种职业就是写名人名言的。像王尔德、托尔斯泰、高尔基，我以为他们都是靠每天写几条名人名言登在报纸上养活一家人呢。当然，王尔德的名言当时我最不喜欢，因为他老是拍姑娘马屁，我就觉得他不是个正经人。

看来第一印象如此重要。小舟大一见严逸的时候也觉得他看上去颇不正经。日久天长，他身上幽默率性的特点逐渐显现，而他和电影系的那位姑娘在一起之后性情显得更加温和起来，当时真是羡煞旁人。然而好景每不长久，想来说的就是如此。其实小舟心里也觉得王尔德这话说得不对，不过她偏要和严逸拗一拗罢了。她打心里觉得，王尔德后半句话，残忍地把她排除在外了。

那可没办法，人家就是受全世界的姑娘欢迎，人生有时候就是这样不公平。好多对女人刻薄的男作家身后恐怕就要被人骂，再过个几十年就没人记得。小舟补充道。

严逸于是说，好啦好啦，赶紧给你男神来一吻，他肯定都等得不耐烦了。

小舟对着墓碑默默念了几句话，然后双手非常郑重地贴在大理石上，吻了下去。石质坚硬，略微有些粗糙，有着其特有的某种凉气。她自己觉得这种类似于行为艺术一般的模仿，在心理上似乎给了她一些离奇的鼓励，好像许愿之后的心意相通。

走回去的时候，严逸问她，你刚刚口中似乎念念有词，你还跟他许愿了？

是啊，不可以？

当然可以。说起许愿啊，你知道吗，其实我在罗马的许愿池许的愿和我在栖霞寺许的愿是一样的。而且我都是用方言说的。所以我现在一直在想，你说波塞冬他听得懂我说的吗？

你许的什么愿望啊？

无非是家人健康、多发论文、小舟你早日在香港找到男朋友这样的愿望啦。

喂喂喂，你过分了啊。自身难保还来说我。

他接着话说，我现在赤条条来去无牵挂，好得很。他一副无忧无虑自甘堕落的口气。

你骗人。

我最大的优点就是诚实。

你要是真如你所说好得很，你还去什么伊瓜苏瀑布？小舟出口之后觉得自己可能还是说得太直接了，不禁十分后悔。然而也许是内心深处很想问出这句话，所以纵容了自己吧。

他吁了一口气，似乎斟酌了一下措辞，说道，唉，虽然确实和《春光乍泄》有些关系，但是我去瀑布也是希望去个神往的地方结束巴黎这一年。唉，我不敢说和失恋完全无关啦，毕竟《春光乍泄》是我和她最喜欢的电影。

小舟若有所思地说道，我记得以前上人文地理选修课的时候，你还做过一个演讲，就是关于这个瀑布和它起源的传说，说什么古时候当地部落首领之子站在河岸上，向河神诚挚祈求恢复自己深爱的公主的视力，河神没有作答，但转瞬之间大地震动裂为峡谷，河水滚滚涌入，把他卷入无尽的深谷里。而公主却重见光明，成为这个世界上第一个看到伊瓜苏瀑布的人。我就一直记住了这个故事。

谢谢你还记得我讲的东西。想想也快，那都是大二时候的事了。

是啊，那个时候一起选了这门课的我们几个，也只有你一个留在南京读书了。

现在我还老是会想起我们几个那时候，整天待在一起，都不知道在干吗。

是吗？小舟觉得有些不敢回想那些时候的事情，那样太奢侈了，就像现在一样。她几乎低着头，数着自己的步数和向后的风景。

她说，你知道吗，今年戛纳影展会出《春光乍泄》的十周年纪念版，香港和法国会同步发行，限量好像是2046套。里面还会有电影做道具的那个走马灯哦。

他说，我知道这件事，法国的同学有和我讲过，不过我回国的时候戛纳电影节还没有开始，可惜要错过了。

其实我在香港的话，应该很方便就可以买到的。到时候我送你一套就是了。

其实也都无所谓的，不用啦。

你这个人真是不知好歹。

严逸后来很希望自己当时可以把这句话说得更好些，可是事实就是他也不知如何委婉，只得实话实说起来：小舟，我们一起玩了这么多年，你的好意其实我都知道。

你不知道。小舟小声反驳。

小舟，你听我说，我自己去买就行了，真的。你明白我的意思吗？

我不明白，我只知道你真的很讨厌。严逸，我就是想送你一套你喜欢的东西而已，你这样很清高是吧？你说你要自己去买，当然好，这是你的事。但我将来一定要开一家网店，把全世界的纪念版货源都收集过来，让你哪里都买不到，总有一天要找上门来，问我买。

严逸听了也不说话，两人并排着，但依然算是自顾自地走，阳光渐次好了起来，几乎有种嘲弄的意思了。小舟似乎在一通话间消耗了自己所有的真气和勇敢，仅剩的懦弱支撑着躯壳，不至于层层崩塌。

他们俩坐在花神咖啡馆里安静地吃完了中饭，小舟除了动动刀叉，就是不断在写着明信片，写给各种朋友。她故意挥霍着和他独处的这最后一点时光，好像这时光是属于她的一样。严逸也不知道说什么好，饭后回到公寓就帮她一起打包着行李，扮演着酒店侍应生的角色。他们二人坐在歌剧院站的机场大巴上，日头正是一天中最好的时候。小舟通过车窗看着外面，阳光直射在大歌剧院屋顶镏金女神的权杖上，直直地刺人眼目。她似乎看到来到巴黎第一天，他们三个灰头土脸地坐大巴一路从戴高乐机场来到歌剧院，眼见着繁华一步步直入眼帘，见到等候他们的严逸的激动心情。他们当晚跑到香榭丽舍大街饱餐一顿，登上凯旋门……紧接着几天跑过新桥，跑过亚历山大三世大桥，寻访过保罗·策兰自杀的桥墩、莫奈的吉维尼花园……坐火车到南特、米兰、那不勒斯。她在罗马的许愿池背向池水，左手跨过右肩投三枚硬币许下三个愿望，找到爱人、修成正果、重回罗马。

她回想着这旅途中的一切，她跨越万里来到的巴黎和其他城市所见到的风景，与同行的那两个人一样，成为他和她之间的一张餐桌、一辆自行车、一阵微风、一些点缀着幻境的小细节。她走在他身后，也许并没有很远，也没有说话，却似乎能听见他心里的每一下跳动。而这一程远涉山水的每一步，仿佛都是跟来世借的。靠近他身边的每一次，时间都嘀嗒在她心上敲打。小舟看着他的时候，他或许正看着别处，于是她记住了他的侧脸，有高挺的鼻梁，有动人闪烁的眼。

等待着航站楼区间车的站台上人头攒动，她再三和他说，送到这里就可以了。他望着她，她背对着人群迎向这目光，而机场女播音员一阵温柔的声音，伴随着车道隐隐的轨道声滚滚而来。他们两个人就这样望着，一动不动，直到闸门“哧”地一下打开，游客们拖着行李有序地进入车厢。在这个时候，严逸突然发现，车厢里很多人朝他们这边看着，是因为站台上只有他们两个人了。而他们的目光也和小舟一样，投向他。

小舟走上前一步，扶着他的胳膊，头微微靠着他的肩膀，说，抱抱我。

严逸一时没有反应过来。小舟接着平心静气地说，让他们羡慕一下吧。

他于是抱住了她，像普天下的情侣那样。似乎这样就够了。

她咬着嘴唇对他笑了一下，拎起行李箱就往车厢里走，这时站台上已经传来“嘟嘟嘟嘟”闸门即将关闭的声音了。

小舟看着闸门慢慢关闭，微笑着向他摆手告别，他也如是。

列车加速了，她眼看着站台上孤零零的他，加速远去成一个小点，然后坠入黑暗之中。

小舟不知道自己如何坐上飞机，飞回了潮湿的香港，然后给烦人的老师交完了毕业论文。就像她不知道严逸后来如何去了阿根廷，又去看了伊瓜苏瀑布，以及之后怎么样。这些，都是她不愿意去打听的。

后来她有时看着手里的走马灯，看着那些固定的场景以同样的速度旋转着，山是山，水是水，总是一个个地映入眼帘，顺序永远不变，one thing after another 而已。

小舟觉得她自己大概是一个很笨的人，不明白的事太多。她不知道自己是如何坐上飞机飞回南京，买到第一个走马灯，网店有了第一次浏览，碟店有了第一个客人的。就像她不知道，多年以后，严逸是不是已经不再喜欢《春光乍泄》，不再记得走马灯这回事了。

她后知后觉地晓得，《牯岭街少年杀人事件》2016 年出了蓝光修复版，心里一块石头落了地，觉得仿佛神迹。而与此同时，淘宝上陆续冒出了很多高仿的《春光乍泄》同款走马灯，价钱甚至比她的真品都贵。她浏览这些网页的时候内心平静，此刻的小舟如同站在巨型垃圾堆上的守望者，只有时间可以摧毁她。

沙镇

他骑马只身来到沙镇的时候，葬礼已经结束三天了。

大概六天之前，他还依然以为只有骆驼才能载他越过这片荒漠，然而他在祁连山以西三十里的驿站遇到的那个老养马人，头戴粗布白巾、一脸菜色，却告诉他：

想越过这片荒漠，一定要骑骆驼，但如果要去沙镇，那就一定要骑马。

养马人说这话的时候，眼睛并不望着他，养马人只是温柔地摩挲着眼前这匹棕色马的脖子。马儿缓缓地从鼻子里呼出似乎急促但有规律的气息，眼睛安静地望着他。当他还未发一言，养马人似乎就断定了他会买下眼前的这匹马，而养马人正在同自己的孩子告别。

远远望见沙镇的时候，他的脚底板仿佛要着火了，就像蒸干了水的铁锅，又硬又烫。当沙镇像一片愈加巨大的废墟出现在眼前的时候，坐在马背上摇摇晃晃的他甚至有点惧怕到达目的地，因为在漫长干枯的旅途中他似乎已经变成了马背上的雕像，适应了眼前这样一个最不费力的姿势，周身的疲惫和干燥在此达到平衡，而任何轻举妄动都会带来严重的后果，就像陷入流沙中。马脖子上的铃铛已经被热风鼓热，发出的声音都显得烫耳朵，在热浪中，悠悠地被送回来时的路途。

马蹄声越来越硬，笃笃绕过那棵杨树约略就算是进了村，这时他才发现，沙镇的格局竟也原有些气派的，中间一条宽阔的大道上依稀可见深深浅浅的车辙，直达村子中间的一口水井，而两边一例是土灰色的房子。他在村中兀自前行，周遭悄无声息，俨如遗迹，然而他似乎又明确感到这些土房子里正有许多双眼睛平静地打量着他。再往前行，只见原来村庄由两条道交叉成十字，不过东西向的这一条略宽罢了，他驻马在村中央的井口，用土砖砌成的井栏已经塌了半边，铁架上固定的铜丝发了黑，扭曲地紧缠在连接井绳的铁栓一端，而井绳已断，像风化的死蛇一样委于地面。

“吱吱”一声，停顿了一下，依然“吱吱吱吱”，一间土屋的门就这样推开，好像这扇门要自己把身上的灰抖干净一样。一个背有些佝偻的老人走了出来，满脸笑容地向他走来，身子摇摇晃晃的，就差散架了。老人走上前二话不说，就捧着马的脸，如亲见子地抚摸它，马儿也温顺地低下头。他顺势下了马。

“马喝足水了吗？”老人问。

“喝足了，按马师傅的话，它三口我一口。”他回答道。

“遇到风沙耽搁没有？”

“没有，我就按着马师傅说的，让马带着我走，果然第六天就能到这里。”

“哈哈，老马现在身体可好？”

“好，他说让我给镇上人捎个信，他还可以再干三十年。”

“再干三十年……他就一百岁了。孩子，你叫什么名字？”

“我叫罗一。”

“我们这儿好几年没陌生人来了。孩子，你来这里是做什么的？”

“我来探我病重的爷爷……”

“老罗三天前就下葬了。”

这位老人罗一曾听自己的父亲说起过，姓吴，是这儿的镇长，或者说村长。沙镇原是一个不小的镇，后经丧乱，人口锐减，而后几十年不过也就十几户人，都是自家叔伯爷爷。

老吴从屋子里给他舀了一碗水，他尝了一口，涩得很，但依然全部咽下。然后老吴就带着他一路往村北走去。二人牵着马，只见房屋日益颓败，似原有人住，而后搬走，毁弃不回了。越向北，路渐开阔，老吴领着他走进了一间很大的马厩。牵马入屋，他见干草尚是很多，马槽边上有一个架子上稳稳摆了一列坛子，好像酒庄一般。马厩里还有一匹白马，毛色若雪。

“你奶奶这些时日身体不大好，正在休息，你今晚先住我那儿，明天再去她那儿看看吧。现在先去你爷爷坟上。”他点头答应，原来自己的奶奶身体也不好了。

坟地离村子并不远。村子往北走，有些稀稀落落的沙枣丛和一二排并不很茁壮的胡杨，二人沿着只有老吴眼中才有的路前行，曲曲折折。虽然老吴不说，但罗一还是觉得自己如果不按照他那一步一顿的步伐前进，随时可能一步踏入流沙中。他始终相信老吴的每一步都是精确计算的。

爷爷的坟并没有什么装饰，前几日祭奠的花卉已经枯败，一脸土色。坟头上有一块木牌，上面的字大多被划过，似乎只是为了遮盖两个名字，但依然隐约可以看见“爱妻”两个字。

“怎么会这样……”

老吴似乎没有听见他说话：“你有没有见过你爷爷？”

“……没有，你和我说说他吧。”

“他下葬的时候全村的人都来了，其实现在全村也就十几个人，但也都是老家伙了，能来不容易。他是个老好的人，我们一起来沙镇，那都是快六十年前的事了。我在洛阳遇到他，就搭了伙一起走，他老家是江南的，我是岭南的，两个浪人路上遇到许多逃难人，就凑一块儿一起往西北走，翻过祁连山又往西，越过碱泉子，经过旱峡，到了阿克塞之后又往西南走，一路上又有一些人走散了，人也换了一拨一拨，只有我们两个人不变，后来沿着冰川融水的河一直走，我们就到了这个几乎已经荒废的村子。到了这个村子才知道，我们沿着一路前行的河叫作清头河，之前已经断流几十年了。”

“现在那条河呢？”

“那条河已经抛弃这个村子了。”

“我要是早出发几天，也许还能见爷爷一面。半年前接到信的时候，还只是说他病重，我到底还是来迟了。有这样一个爷爷，但一辈子都没能见上。”

“那你这一路是怎么来的？”

“我先是坐船走大运河，过了瓜洲换船到聊城，吐了一路。后来上岸坐驴车晃荡晃荡跟着黄河沿岸前行，中间几次走错地方，后来遇上去兰州的商队，跟着他们一路走，他们教了我好多有用的东西，后来在崆峒山和他们分手。他们告诉我往西的话走祁连山大路能找着马师傅，就不怕找不到地方了，想去楼兰都能给你指路。”

“你是第一次出远门吗孩子？”

“是啊，二十四年来第一次。”

“你奶奶和你爷爷结婚的时候也是二十四岁。”

“爷爷和奶奶是怎么认识的啊？”

“你奶奶和你爷爷认识没几个月就结婚了。结婚那一天，你奶奶骑在马上，你爷爷在前面牵着马，绕着沙镇走了一圈，乡亲们跟着也走了一圈。我在沙镇的这么些年，只见过一次飞鸟，就是在那时候，一群大鸟往东南飞去，但是到现在还没有飞回来。”

往回走的时候，大略天色已经暗下，他远远见落日红红一轮掉入蒸腾的地平线，而远天却低得很，直像要落下了一般。

“今晚上有风沙，赶紧回屋吧。”老吴看了看天，一面转身一面说。

晚饭很简单，就是甜瓜馍。沙镇缺水，但北面水土反而好些，历代都种瓜，因日照足，瓜极甜，汁液都黏手。沙镇从来得名就是风沙大，但外人也都知道此处盛产甜瓜，然而实在地处偏远，极难运出买卖，六十几年前丝路还离此不远时，过往商队曾有时壮胆来此购置一些路上消受，近年就完全没有了。本地乡人吃馍时常掰开馍将切丁带浆汁的甜瓜塞在里面，裹着吃，十分填肚，沙镇人常吃，因此都是极耐饿的。外人常开玩笑说骆驼是沙镇人变的，为此沙镇人古来都极为生气，因为沙镇人并不喜欢骆驼，他们最喜欢马，渡沙漠从不骑骆驼，只骑马。都说骆驼耐饥耐渴，是沙漠之舟，但是沙镇人却说，马虽然不从沙漠中来，但个性倔强坚强，只要经过适应和训练，在沙漠中是比骆驼好得多的伴侣。骑着马，多大的风沙它都能保护你回家。

吃完了晚饭，老吴见天色黑得越来越深，便掌着火点了盏灯，橘黄色的光点亮了半个屋子。

"几十年前，这里的人晚上一直都不敢上灯。我来的时候，还留在这里的人依然非常害怕，当然，除了你奶奶。"

"这里风沙这样大、夜晚这样黑，为什么不敢上灯？"

"你大概没有听说过一个名字，叫作'沙上飞'，几十年前横行沙漠的一个大盗。这个人平时独来独往，常常在夜晚出动，专门袭击赶夜路的商队。深夜的时候听见笛声，就表示明天早上镇子不远处会多出来十几具尸体。"

"他一个人怎么做到的……"

"他外号'沙上飞'，就是说他可以在沙漠里疾行，而且身材矮小身轻如燕。据说马贼之间是这样流传的，夜晚赶路的商队为了防止掉队失散常常走成一线，陆续翻过沙丘。这个沙上飞就会跟在商队后面，在商队休息的时候偷偷倒挂在最后一匹运货的骆驼肚子上，等商队出发后，他也从最后一匹骆驼上出发了。他趁商人们夜间精神疲惫，逐个攻破：他由骆驼腹下翻身，伏在骆驼背上，略微加速接近前面一匹骆驼，就从骆驼背上跳起，扑上前面那匹，落在骆驼背上的一瞬间，坐在鞍上的商人就已经被捂住嘴抹了脖子。沙上飞先抱住尸体，然后轻轻放在沙上，然后继续接近前面一匹骆驼……整个过程寂静无声，他从一匹骆驼飞上另一匹骆驼，每一匹骆驼的心境甚至比他还要平静，最后他就坐上了领头的骆驼，身后是井然有序的驼队还有一线的尸体。他骑着骆驼，带着一整队的货物，在天亮前就会消失……”

话音未落，小小的房子里好像进来了一个隐形的人，紧紧贴在罗一耳边“呜呜”地呼出怪声，同时整个房子土砖间的缝隙好像都被抽紧了，如惊悚时刻人的牙床打战。烛光剧烈摇动起来，回纥姑娘跳舞时的腰也不过如此吧。

“风沙来了。”老吴起身又检查了一遍门窗。

“您再给我多讲些我奶奶的事吧，我明天就要去看她了，不知说什么好。”

“嗐，自家骨肉还怕没话说。你奶奶啊，她原来就是沙镇人。我们一行人来到这个都快荒废的村子时第一眼就看见她。她那时候正要驯服一匹烈马。她一手拉着缰绳，一手抚摸着马的脖子，口中念念有词，在风沙里奋力想要把那匹马牵回马厩……她性子就像匹野马一样，我们当时有好些年轻人要追求她，可她偏偏不理会，似乎只有你爷爷和她讲故事才能让她高兴起来……”

“什么故事？”

“关于你爷爷故乡的故事，关于江南的事，风俗特产，事无巨细好像你奶奶都是爱听的。”

“可奶奶不就是本地人吗？”

“是啊，地道本地人。谁知道她为什么心心念念着没去过的地方呢？你奶奶自你爷爷身体不好后，脾气愈加怪了，明天你见她不要惹她生气，知道吗？”

罗一忙答道：“那是当然，再不敢惹她生气的。我爹也对我说过，不能再惹奶奶生气了，他这辈子已经惹奶奶生气够多了。”

“唉，说来也几十年没见你爹了，你爹走的时候和你大概也是一般大的。除了几封信，之后就再没消息了。今天望见你的时候我还真以为是你爹回来了。你爹走的时候也是我送他的，一个人一匹马，一串铃铛声人就不见了。”

沙尘扑打着窗棂，像筛着整个房子，外头渐渐显得忽明忽暗起来，烛光抖得晃眼，而老吴佝偻着背坐在床上，反复地搓着手，眼睛几近干涸，而那脸上硬朗的沟壑被烛光割来割去，显出一种宽容的温柔。

夜里伴着老吴的呼噜声和窗户有节奏的撞击，罗一入睡得很晚。他记得出发的时候，爹对他说，爷爷奶奶年纪大了，我年少时多有对不起他们，现在也无脸见了，但他们有什么要求你一定要依着他们才是。罗一听了连连点头。那一天，他与爹是在毗陵驿道别的，艄公手里那只竹篙对着河岸只一撑，往后就挡开了半河的波澜，波澜离岸越近，他就离爹越远。皇华亭下的人影渐小，而天禧桥在柳叶掩映间也渐渐要望不见了，船儿荡荡悠悠，桥影也如落日飞鸿，飘摇而去。罗一打小就记得皇华亭上题有一首诗，上句难字太多，一时未能识尽，下句倒是记得极真切，“老幼欢欣称就日，江山风物已勾吴”。

他在瓜洲渡口上岸吃面的时候，码头边停了一船热闹纷乱的年轻人，十七八岁，皮肤大多黝黑，说是往江南盖行宫别院，正忙着赶路。这群戴着斗笠、身上一例土色褂子的少年许是第一次离家，有着不经世事的兴奋，个个说笑撒泼热闹了一整个渡口，连茶摊老板都笑说今年的孩子格外闹腾。近年因挖了北新洲，长江都显出改道的趋势来，南岸淤塞愈多而北岸地势愈低，货运繁忙之下，河道又年久失修，事故频发，因此上瓜洲渡已有些衰败的意思了。然而南北通衢之处避无可避，罗一坐船北上，这班少年一路向南，便在此有了一面之缘。罗一上船后立于船尾又往回望，但见那载满江北少年的关驳船帆影交叠，正要出发。而船上的少年也昂昂地唱起罗一所不能明了的家乡民歌，有些歇斯底里的开阔与疏狂。此刻，罗一知道自己正式离家了，而自己要去一个从未想象的地方。现在他躺在离家万里的床上，想起半年前的事，觉得恍惚得很。

奶奶家住在村北，与马厩是同方向，屋子原与别家没有大不同，然而门楣上挂了一只马铃铛，风一吹，似乎就要有马跑过来的样子。

老吴敲了敲门，半晌才出来一个老妇，半倚着门。她花白头发，脸倒有些红润，起先皱着眉打量了他一遍，而后转向老吴：这人是？

她孙子来看她来了。

老妇人让出一步，二人进了屋。房子原是两进的，外面一间，堆了不少农作工具，一吹灰，才能现原形一样，想是多年不用了。墙上挂的一只扁担上端端正正写了一个“罗”字，原先上的红色都变成酱色了。

“你昨天就来了吧。”里屋的人轻轻说道，声音平静宛如从他背后传来。

罗一赶忙走进里屋，只见床上窗前坐着一位约略七十上下、皮肤头发都白得很干净的老人，盖着毯子，手里捧着一个陶碗。她眉眼如燕羽，目光流离不知落往何处，好像发了几十年的呆。喉头咽水而一紧，窗户透过来的温和日光也随之微微颤动，而捧着碗的手如虬枝紧扣，隔着薄薄的皮肤映出青青的血脉。

老吴拍了拍他的背，示意他上前去：“他昨天就到了，知道你身子不好卧床，就先住我这边。”

“我哪里身子不好来着……”

“你啊，再好好躺两天可劲就好了。”

“你喊他过来。孙儿，你过这边来。”老人伸出手来，手指微微颤动，好像要抓住一个虚无的东西，白色的披衫在柴也似的手臂上往后褪去，而她眼里依然什么都没有。罗一慢慢走近她，这才发现，原来她早已经目不视物了。她往前挪动，并不知道自己就要越出床榻，罗一眼见如此，立马迎了上去，轻轻托着她，才发觉她真是瘦成一把了。奶奶摸着他的脸，喃喃地说：“鼻子高高的，像我……脸型也是……你爹写信回来只说你叫罗一，我却不知道你今年几岁了。”

“二十四了。”罗一安安稳稳地一字一吐，此时他才发觉原来即便素昧平生，亲人之间总有些天然的感应和牵念。

“昨天我在睡梦中，隐隐约约听到马铃铛响，和平时的都不一样，我就知道是有人回来了。”老奶奶好像看见了一样，嘴角微微托起腮，好像正在向儿孙们回忆当年陌上的青草和骑马的少年，想到的比说的要多太多了。

“你爸爸还好吗？他为什么不回来？”

“他很好，日日做木匠活，身体练得好好的，只是不敢来见你。爹特意说过，让我把这个给你……”罗一从内兜里掏出一个篦子，端正地递给奶奶。

“我们家现住在篦箕巷，这巷子虽然小，倒也有好几家出名的篦箕字号，爹知道你会喜欢，便专门挑了这把梳子。”

奶奶一边摩挲着手里的梳子一边说：“好，好……”梳子上纹理较浅，她至多也只能略微感到丝丝的流动，也许她也正想象着上面的图案。

“奶奶，这个梳子是蝴蝶形的，梳齿是在蝴蝶翅膀上，”边说他边牵着奶奶的手轻轻滑过一棱一棱的梳齿，“梳子上是蝴蝶的花纹，黑色里面还裹着红色和黄色，最大的那个花纹像一只眼睛……”

话还没说完，奶奶就把她的手从梳子上一下退了回来，双手胡乱拍了两下自己的毯子，接着手指着门的方向，闷着嗓子说了声，“我不要这东西，你拿回去”，就剧烈地咳了起来，咳得前胸好像都贴着了后背。老妇人忙赶上前去，扶着她帮她抚着背，缓和痛楚。老吴拉着罗一，微微摇了下头，就退出里间了，出门时但见老妇人已经扶着她躺了下来，盖好毯子。

罗一感到自己说错了话，颓丧起来，而老吴自然也不愿责备，二人只是沉默地走着。罗一并不知道这样尴尬的时刻竟来得这样突然，很有些悲哀的意思。眼见奶奶病成这样，可能也与爷爷的死不无关系，昨夜里听老吴说奶奶身体一日差似一日，心头就有了不吉之想，今天见到，更是如鲠在喉。

昨夜的风沙刮过，天气仿佛都变好了，蓝天一色。罗一和老吴走到镇子中间的井口，却见黄沙在此堆积，井口更加破败，似乎又塌了几块。罗一问道："这井是何时废弃的？"

老吴说道："这井本来是这个村子的命脉，全村人都靠它。几十年前井水渐渐枯了，村里人没办法，只能跑远路去青头河取水，有时河水泛滥，我们还能就近尽量多存一点，有些年辰天不好，河都短了不少，只能一路赶马去取，去的人也不能个个回来的。这井，现在真是没有用处了。这村子也越来越难住，要不是种瓜还有些收成，走的人就更多了。"

"老吴，你有没有想过走啊？"

"想过啊，想走的时候有顾念，现在啊，都走不动了。回头想想啊，自己也走不到哪里去。"

"为什么不回家？"罗一发现自己问了一个蠢问题。

"回家做什么，人都死绝了。"老吴习惯性地低头走路，手也止不住慢慢搓起来，似乎是他若有所思时的标志。

远处，土房子的尽头，有个人鬼鬼祟祟地往北面走来，见了老吴，便矮了三寸似的绕远了路，沿着墙根尽力加快步伐走着，然而依然很慢。罗一细看了一眼，年纪已经很大了，连胡子都白了，满是焦虑的眉毛组成了明显的八字形。

“怕死鬼！”老吴嘴里嘟哝了一句。

罗一见那人回头斜眼扫了一下，头压得更低，走远了。

老吴和罗一说：“孩子，你别着急，明天照例去看她。她就是脾气不好，她和你爷爷刚成亲那会儿，有一天你爷爷也不知什么事，她一个人骑着她的白马就出门了，全村人出去找了好几天都没找着。后来，她一个人骑马回来，一言不发地回了家。全村人围着她，也不知道说什么好，她心灰意冷地吐出几个字，我怀上孩子了。据你爷爷后来说，她走前几日身体就很不舒服，日日发脾气，可能也与此有关。”

“那就是我爹？”

“你奶奶生你爹的时候非常痛苦，早上我起来烧水的时候就听接生婆说，孩子生下的时候你奶奶把床角的板都捏断了，但是半声都没有喊，也不知是不是都喊不出来了。”

罗一心想，娘生自己的时候好像也是如此，后来下雨天关节都会酸疼。

罗一无事，只在村子里四处闲逛，此地风物更与家乡不同，于是怀着大大的好奇，新奇之处再三追问老吴，老吴也耐心地一一为其解答，二人互相打发时间也大略如此。

罗一的奶奶，祖上原是西域人士，迁居至此已逾百年，便也入乡随俗改了汉姓，从此姓了李。她母亲因生她送了命，而父亲内心痛楚，就给她起名念念，以示不忘。李念念少习弓箭，马上英姿，村镇闻名。她年少的时候就爱马如命，日日骑马畅游，恐怕那时的她万难想到自己竟也有双目失明、卧床难起的凄楚晚景。

念婆婆止不住地咳嗽，有时候直着脖子，咳得都难以呼吸。房间里日光显得冷，而干燥的空气包着她的皮肤，似乎也停止了流动。她很渴，然而为了不再引起强烈的咳嗽，只是从喉头轻轻吐出几个字，喊了声，六嫂。她听不见任何回应，于是又稍稍加大了些声音，可是她依然只能听见自己的茫茫回声和微微的风声，都显得极为干燥。于是她放弃了，安静地躺下，回想那个已经回想千遍的场景。她慢慢游离于外，注意着自己呼吸时胸口的一起一伏，她默默数数，不知何时这样的起伏会发生变化，或者停止。

她时常告诉自己熄了那个念头吧，几十年都这样过去了……然而意识到自己这几十年不就是等待着那样一个时刻吗？因时日无多而苟且度日，就等同于堕落一生。想到这里，她自己也意识到希望之渺茫，但是如果不能有个称心的交代，她真是口眼都闭不了的。

“六嫂！”她憋了一口气喊出来。六嫂原还靠在椅子上后仰着打瞌睡，立时惊醒，拍拍大腿赶上来，睁圆了眼睛喊道：“怎么了怎么了，出什么事了？”

“你去把我孙子喊过来……”她好似从牙缝里挤出了这几个字。

“啊，你还是好好躺躺吧，今早不是见过了吗？又见……小心再咳坏了。”

“你只管把他喊来就是了……”念婆婆已经无力再和她解

释了。

等到六嫂找到罗一回来的时候，念婆婆早已经进入了梦乡。罗一静静地搬了张椅子坐在她身边，耐心地望着她。他发现自己面前的这个老人脸上正呈现出一种难以言喻的安详，或者某种开阔而隐秘的陶醉，好像是在某个清晨看见窗台上突然开放的花朵、失而复得的马儿。罗一觉得奶奶此时脸上如有了光辉一样，风霜的线条变得温柔起来，好像揉皱了的纸重被舒展开，这不是一个奶奶的气质，更像一个少女。

曲线在念婆婆的嘴角微微舞动，呼吸似乎小小地加快了一些，如闻见了发痒的气味鼻翼轻轻翕动。念婆婆动了一下，眼睛就渐渐睁开，直直地望着天。起初眼神如雪，再而有种懒惰的迟疑，这种迟疑渐渐化为怀疑，之后急转直下，就变成沮丧了。

念婆婆轻轻地叹气。

“奶奶，我在你边上。”

念婆婆摸索着罗一的手：“罗一啊，奶奶活这一辈子，到了现在这个份上，也还知道自己活着是为啥……你凑近点我的脸，我说话大声就掼不过气来……”

罗一赶忙把脸凑到她耳边，回答她说：“这样说好吗？”

念婆婆现在已经只是喉头呼气传声，因为如果喉咙使劲就会发痒咳嗽起来：“我要你帮我找一个人，让他把一件东西还回来。这个人你很可能已经找不到了，而我也已经等了他好多年了……也许……也许他已经回到自己的家乡，那个叫毗陵的地方了。我有很多话要和他说，然而你看我现在这个样子，又老又病……”

罗一一时不能明白：“他是谁？”

“……我也不知道他的真名叫什么，也不知道怎么让你认出他来……但是我却知道如何让他认出你。你进这家门的时候有没有看见门楣上的马铃铛？你带着这个铃铛，如果他还没有死的话，他一定会认出来的……把该还的还回来，也许我活不到那一天，但还给你我也是心安的。”

“我应该怎么做呢？人海茫茫的，你能多和我说些他的事吗？我也好打听呢。”罗一听到此，大略已经知道此事艰难，然而爹临行前嘱咐他的话历历在心，他也把奶奶的手攥得紧紧的。

“罗一，我要和你说的事情句句是真，这个人是我十七岁的时候遇到的，前后认识不过几天，他却完全改变了我的命运。没有他，我不可能还活着，也不可能再遇见你爷爷，也不会这样痛苦。孩子啊，你奶奶不是什么不正经的女人，自问平生也没有做过对不起你爷爷的事。这个故事本来在我遇见你爷爷之前已经结束了……只是我还是不死心而已。”

“我明白你的意思。”

“这个故事我会原原本本和你说。因为我不能写字，所以我希望你把我说的都记下来，好好记下来。如果真的有遇到他的那一天，就拿给他看。不到我现在这样的情况，我一定是要当面和他讲的，不过现在你能帮我记录的话……总之他能知道就行了。柜子里有纸笔，你边听边记下些。”

罗一自然地觉得这个故事不是一个简单的故事了，自己身上似乎担上了面前这个老人一辈子埋在心里的苦难和幸福，可是毫无迟疑地，他连连答应着，甚至手指有节奏地轻轻地拍着奶奶的手背，凉凉的。

“六嫂，你先退出去吧，奶奶有些话要和我说，有事我会喊你进来的。”

“好好，我就在外面坐坐，打打针线。”六嫂满面容光，手背习惯性地在肋下揩了揩，就掀帘子出去了。

那一年的时候“沙镇”这个名字还只在汉人间流传，回纥语中这个镇子的名字叫“阔坦”，意思是“养马的地方”。这个镇子里面人人都爱骑马，小孩刚出生就与马儿打交道。那个时候，整个大沙漠都认识阔坦人，只有阔坦人懂得在大漠中骑马飞奔，无所不往。阔坦的白马虽然稀少，然而因其极为健康的体质、潇洒的外表成为我们阔坦的象征。那时候连车师国的君王都以能骑上阔坦的白马为荣。我的父亲就是一位很有威望的养马人，而在我出生的那一年我家马厩里也出生了一匹小白马，于是父亲就像照顾我一样照顾它，我们一同长大，几乎从不离开左右。

阔坦镇以前水土尚好的时候，我们的甜瓜收成极好，几乎是现在收成的三四倍。然而我们那时候镇上的人也是现在的好几倍，也许是镇上人性子懒散，人们很少想到要把瓜往外卖，总是自己家消化，甜瓜加馍，就是我们的主食。

然而自从商路改道之后，我们镇子真是愈加寂寥了，原先经过的旅人商队还会在此补给休整，然后继续上路，在那时却突然几乎全部停止了。一切都是因为那个叫沙上飞的人，他是沙漠里的马贼，杀人如麻，过往商队从难生还。那几个月里，沙漠上夜行赶路的商队几乎全军覆没，早上只留下一线的尸体，货物和骆驼全都不见了。然而他却从来没有袭击过我们镇子，绕了远道的商路上死者依然不绝。

我记得那一日是汉人说的“惊蛰”。村子一如往常，年轻人喂马、看地，老人们坐在日头不到的墙根下闲聊，间或摸几张牌。孩子们在场院南端的空地上与个头不比他们高多少的小马一起滚沙子，追逐打闹。一个男孩骑在小马上，头上精心缠着布头，手拿藤剑在空中胡乱比画，地上的几个男孩仰望着他，有的满脸羡慕，有的作势要夺他的剑。我那时候正在家做馍，等晌午爹回来吃饭。忽听得外头脚步声急促，便开了门往外看。

只见墙根下的老人都站了起来，孩子们也向我们家门口围拢起来，往北面远眺。我也顺着他们的目光往那边看去，但见沙尘扬了起来，像着火了一样迅速翻腾，与平日里沙暴大不一样。地平线上原来那薄薄的因热气蒸腾的扭曲飘浮的空气加速地抖动起来，在扬尘里，愈加明显地露出一个黑点，不，仔细看不止一个，许多个点连成一片。

是一群人骑着黑色马向这里快速移动。黑点越来越大、越来越密，他们着装整齐，在点点黑色中闪着金属的光泽。他们似乎刻意加快了速度，马匹无声地奔腾，就像飘浮在空中。爹从马厩里抱着一堆干草出来，走到一半见镇子的人都在前面张望，黑压压的，他便疾步走到我边上，问我：“在干啥？”

“北边一大帮人在骑马往这边奔来，可能是官兵。”

嗒嗒嗒，嗒嗒嗒……我和爹听着强烈的马蹄声一起往前面走去，乡亲们也都给爹让开一条道，似乎觉得爹一定有办法应对这样不祥的阵势。

一匹黑马，当先抵达了阔坦镇，马上人约莫四十多岁年纪，头戴幞头，身上一件绛色缺胯袍，袍面一只白泽盘踞于下，腰间皮革带上系着一把弯刀。他也不言语，翻身下马，拉着缰绳就向我爹走来。

“李师傅，我不吃散茶。”此人傲慢得让人发毛。

“刘老爷，怠慢得很，小地方只有些粗茶，还是年初买的剩下的。”我爹不紧不慢地回答。

“哦，李师傅家都只有些粗茶的话，别家只能喝西北风了。”大队铁骑已经到达，他们齐齐站成一排，突然间就如雕像一样静止不动，而驻步的马匹却扬起了灰尘，迷蒙了一片，也逼退了人群。

这位刘老爷似乎是认得我家的方向，径直就往那边走，爹也只好急急忙忙地跟上。我们屋前原有个葡萄架，现已弃之不用，但先前的土砖堆的桌凳倒是在的。姓刘的也不客气，择这土凳子就坐下了，“这儿好，说话凉快、敞亮！”

爹朝我皱了皱眉，鼻子点了点里屋：“还不快去沏茶？”

我就进了里屋，见眼前人来势汹汹，大概也不是泛泛之人，这泡茶的水自然不能怠慢。平时自家喝的水恐怕太浑，爹平日月初都会赶远路取泉水，给镇上的小庙做进献神明的供水，顺带也会略多取些留在家中应不时之需。我于是从瓷坛中取了一些，将就着烧些热水。

屋外听得清清楚楚，爹坐下后正招呼着村里人给其他士兵备些凉水瓜果祛热，人群中虽去了一些，但大多数人依然围看着二人，虽则隔了一排垂手而立的士兵。

“李师傅，也休要怪罪我刘子谦无礼啊。大漠茫茫，这附近委实没有什么栖人之处，顺道讨口茶喝，多有惊扰多有惊扰。”那个叫刘子谦的一时变了脸色，竟满面堆笑起来。

“没有的事，小镇要是没有都护府统领照应，不知还要多少难过日子呢。”

“哎呀别这么说，现在这年头，其实府里也不好过，西京也拨不了什么钱，都忙征兵镇压东南叛乱了，哪顾得了我们这飞鸟不到的地方。要说身上几个子儿，还得想着别的营生。”

“我们这小镇，说营生还真没有些什么，就只几个瓜，平日也没旁的念想……”

“现在府上马养得怎么样？”

“年辰不好，草料都不如以往，所以马都瘦得很。不过骨头硬，都还能撑着。”

“听闻这两年镇上都不冶刀了。”

“不冶了，一则废水，二则都护府辖下太平，冶刀倒扫兴了。”

“几年前我新上任，厚着脸就问你讨了把镔铁弯刀，现还配在身上呢。”

“蒙老爷错爱。”

“啧啧，这么好的刀竟不炼了，放着钱不挣啊。”

“实在是挣不了钱，也不会挣钱。”

“哈哈，有马有刀还怕没钱来？”刘子谦大笑起来。

“爹爹，水开了，泡什么茶？”我上前问道。

“柜子里顶上一层有一包罗布麻，都给泡上。”爹不紧不慢地说，眼睛并不望我。

“哟哟，李师傅拿出宝贝来了。您倒是讲究人，可比不得我们这些粗人。”

“哪里哪里，不过是些土特产。哪比得上刘老爷见多识广。”

“哈哈，茶我原在中原时，确吃过一些。不过到了这儿，反而吃得更多了。”

“哦？愿闻其详。”

“你可知‘十三品茶’？”

“未曾听过。”

“原都是些贡茶，现下倒都不稀罕了。说来你可能也都听过，剑南‘蒙顶石花’，湖州‘顾渚紫笋’，峡州‘碧涧’‘明月’，福州‘方山露芽’，岳州‘灉湖含膏’，洪州‘西山白露’，寿州‘霍山黄芽’，蕲州‘蕲门月团’，东川‘神泉小团’，夔州‘香雨’，江陵‘南木’，婺州‘东白’，睦州‘鸠坑’和常州‘阳羡’。”

“都是些罕物，无缘得尝的。”说毕爹接过我的茶壶，我顺手摆了几个杯子，爹一一斟满。

“李师傅莫要谦虚，我想你大概都是尝过的吧，说不好还有些更好的呢。”

“没有的事。”

“我尝过这些茶，无非是那些走西域商路的货贩卖我个面子，常常间或带几两给我尝鲜。不过这些个日子遇到不太平，所以我只好来府上讨些茶喝了。”

“在下愚钝，实在听不明白。”

“哈哈，”刘子谦拔出腰间挂的弯刀，往空中晃了一晃。这时我才看清，这刀十字柄上缀了几颗红绿宝石，刀刃如雪，抽刀一瞬间如白日月钩，直挂云天。

“干什么这是！”“想动手啊！”镇上几个汉子大喊道。乡亲们忙想往里挤，爹素来人缘极好，这次官兵又好像是为全镇而来，大家急忙想帮把手。刹那间，官兵个个噌噌地将佩刀从刀鞘中拔出来三寸。

“大家别动！没事的，有话好好说。”爹坐着沉着气喊了一声。

刘子谦也不说话，兀自摆弄着爱刀，末了把刀摆在桌上，对爹说：

“这刀真是好刀，你看这双刃的弯刀，两侧挥舞都能杀人。刀刃历经多年依然光亮如初、削铁如泥，可见有些东西过了多少年都是不会变的，好刀就是好刀。”

“你想说什么就说吧。”

“这西行商路上的生意就是我的生意，他们生意好，我就生意好；他们被人劫了货，就等于我被人劫了财，这点道理你也是懂的吧。”

“这沙上飞可不知道是何许人，突然来到大漠杀掠，人人担惊受怕，我们镇子晚上也都不敢点灯的，就像其他镇子一样。”

“这么和你说吧，我知道限刀限马令之后你们镇子上日子更加不好过了，可是都护府里面也多少支援过你们养瓜的产业，将来进一步扶助不也是在议程上的事了吗？何必搞成现在这样，两边脸都没法搁。”

“现在是什么样？”

“都护府当然要保护商队的利益。我们现在担心的是，沙上飞就在我们眼皮底下。”

“你是怀疑沙上飞就是我们镇上人是吗？”

“我可没有这么说，也许你们这镇子上的人也是被奸人蒙蔽了，怪罪不得。”

我看见爹虽然嘴上不说，太阳穴上的青筋却已经暴现，手中的茶杯也被捏得紧紧的。

“照你这么说，我们该如何做呢？”

“李师傅，我是粗人，不懂说话你莫要怪罪。我确实听见可靠的风声，说沙上飞就在镇上。我们检查过尸体，许多都是被快刀封喉或者直接断头，如此神兵利器，大漠中绝是稀少，我们也比对过英吉沙刀、莎车套刀和沙木萨克折刀这些名刀刀痕，都不吻合……我也清楚地知道，天朝定鼎之前镇上是怎么以死相搏的。据说沙镇人马上威风，马匹疾驰中，弯刀横摆，靠战马的冲力和手腕的力量快速弹刀挥舞，马上取人性命如探囊取物。那些商贩的伤口似乎与这样的刀法极为吻合。”

“这样的刀法现在已经没人使了。”爹站了起来，似乎不欲再谈。

“哼，李师傅你也不用动气。我们打开天窗说亮话，本来府里发令，我可以二话不说把你们镇上人都抓回去拷问一番，并不必费这般口舌。我敬重你是条汉子，推心置腹地和你说，你要保沙上飞还是要保这个镇子……不如我教你个法子，今日我已经在三跌水扎了营地，明日太阳升起前我再回来的时候，你交出个人来，我好交差，府里也能有个交代，免得整个村子都遭殃。”

“刘老爷，茶凉了，不送。”刘子谦一愣，倒笑了一声，没好气地收起弯刀往回走，嘴里嘟哝着：“反正我是要交差的！”

骑上他的黑马，连同他的随行士兵正要奔腾而去时，刘子谦突然停住了，他倒也不回头，大声说了句：“我喊你声‘李师傅’是敬重你，今天和你说这些话也是敬重你。明日就休怪我翻脸无情，到时，就不只是这些马这些刀了。”他猛抽了一记马鞭，随即随行士兵们也整齐地抽了起来，好如旱地闪电一般刺耳耀眼。轰隆隆的扬尘如烟如雾。

爹依然站在那里，眼望着他们离去，末了也未说一句话。大家见了我爹脸上的表情，都似乎明白了他的意思，一处长大的村人，性子都是极烈的。

这天晚上，整个沙镇每家每户都通宵点上了灯。此起彼伏的磨刀声。

爹在屋里也磨起了刀，这把刀我从没见过，刀柄如月牙，弯刀在四分之三处大幅弯转，刀刃极薄极亮。

“爹爹，这是什么刀?”

“镔铁刀，西域传过来的工艺，我们镇上各家都有一把，平日只做传家。”

“明日是要大战了?”

“反正我们交不出来人的，阔坦人也不做这窝囊事。本来换作是过去的时候，我们可能忍忍，多贡点马就过去了。镇上归顺已经正好四十年了，从来都是钱的事，现在他们欺人太甚！拉着脸来要我们交人，还说随便对付着交一个！我们阔坦人怎么受得了这种鸟气，今天杀我们一个明天杀我们一个，还不如起来和他们拼了。”

“爹爹，我的刀呢?”

“我已经和隔壁的四姑姑商量好了，明日一早女眷、老人和孩子就上路去佳儿果拉，你也好收拾细软了。家里没什么值钱的东西……”爹爹一边起身往柜上去取出一个盒子。

“爹我才不走，我要和你一起杀敌。”

爹拿出一把短刀。“这把刀是你娘嫁来时的佩刀，你随身带着，一路上往佳儿果拉什么事都不怕了。”

“为什么不带我上阵？全镇人正面打一仗才是。”

“念念，你年纪小，知道的还太少。”

“爹，我不要去佳儿果拉，我要和你一起骑马杀敌。我已经能骑马射箭了！”

“他们不是平时和你比木剑的人，都是白刀子进红刀子出的…… 你是年轻人，不必做无谓的牺牲。等你大了，自然有你的责任，你现在一时意气，死了也丢人。这事就这样说好了，不必再啰唆了。”

爹素来是说一不二的，我自然也知道不必再争执下去……我自有打算。

“咳咳……”念婆婆捯了两口气，说，“孩子你给我倒两口水来。”

罗一满口答应，起身走到外面那间，从坛子里舀了一碗水出来。此地的水质似乎天然如此，无论几遍筛洗都是依然有些浑浊的。柜子旁边的小凳上六嫂倚着墙早睡着了，她张着嘴，好像也渴得不行了。

罗一端着水回来的时候，奶奶自己正挣扎着要坐起来，她一副挣扎吃力的样子，好像是要自己把自己提起来那样困难。罗一赶忙放下手中的碗，坐到床边将奶奶扶起来，他顺手把枕头竖起来垫着她后背。扶好后回身去取碗，照顾奶奶一小口一小口地喝着。

念婆婆喝完了碗里的水，定定神，笑着望着自己的孙子，打心里高兴起来。“真是好孩子，多亏了有你。其实要不是我这把老骨头挣扎不动，要不是…… 年纪大了真是……”

“没有的事，谁这一辈子没有个病病灾灾的，奶奶你身体还健朗着呢。起码活到一百岁。”

念婆婆笑了笑，也已经说不动太多话了。“你扶我躺下吧。”

罗一照做了，轻轻给她腾开空间扶她躺下，盖上毯子。奶奶的身子已经干瘦如柴，罗一也格外小心，生怕她身子骨硌得疼。他俩互相望着，好像望着自己的过去和未来，有种由衷的感激在里面，可是什么都没有说。

罗一知道奶奶说得累了，念婆婆也确实开口了：“我好久不说这么多话了……咳咳……说得累了。这个故事我们慢慢说……明天，早上你再过来好不好？”

罗一连连点头，将纸笔收在柜子里，便与奶奶作别，退了出去。

太阳依然高照，不过已不似中午时那般热了。罗一想到奶奶说起城里原有一间寺庙，现下不知还在否，刚才忘了问，回去又怕再惊扰奶奶，于是他又走到老吴家，眼见老吴正坐在墙根下挑拣着干草。

“你奶奶好些了吗？”

“精神好些了，和我说了好些故事，明天我还会去听她接着说。”

“年纪一大啊，想说的话就多了些。我自己都发现自己话变多了。”

“人年纪大了、阅历多了自然这样。”

“其实也不尽然。我自己来说，年纪到了这个程度，有个好处，虽然现实中多忘事，梦里的事就记得清楚得很，早上起来还历历在目。这不，昨晚我做了个梦，梦见整个沙漠里都是壮年的白马向我们这儿涌来，漫山遍野啊。我今天和好几个邻居说了，他们都说我是年纪大了，乱发梦。也说不出个所以然来，我虽然也觉得那是一个梦，但总相信那是真的。”

“搞不好是说明最近会新生一匹小白马。”

“哈哈，那个自然是最好。不过，我听说，梦都是反的。”

“老吴，我有一事问你，这村里是不是有个庙？”

“你听谁说的？”

“听奶奶说的。”

“说有也有，说没有也可以算是没有。”

“怎么说？”

“几十年前是有座佛寺。说是佛寺，其实也不过是个一进的小殿，当年全镇的香火都在此。不过后来出了桩祸事，全镇都被殃及，这小庙好像也被烧了半边，我来时全村都在复建，好多人家缺砖瓦都直接去庙里搬，这庙更是废弃不用了。”

“那时人都信佛的吗？”

“可不是？现在的人是什么都不信了。”

“你带我去看看吧。”罗一向老人请求道。

这庙，原名莲花庙，因砖瓦上有莲花铭文而得名，兴建时大食教尚未盛行于大漠，茫茫黄沙中，摩尼教、萨满教和佛教分庭抗礼，诸然繁盛。相传莲花庙曾有两架铜质复式千烛台，蔚为壮观，后因变乱遗失，莲花庙也与此同时败落。

罗一步入这一间墙已发黑、颓了半边砖墙的小庙时，一下就被佛台上的佛像夺去了注意。这尊佛像原来是土塑的，着火后不知何故，似乎只烧了半边，右边身子相对完整，不过可怕的是，佛像的头似乎被人刻意割走了，手腕也是如此。而空空如也的佛台上半支香烛也无，地上的蒲团倒是被人叩烂了。

“这佛像为何被人割了头？”罗一向老人问道。

“我来时即如此，可能之前祸乱时人事异变，兵荒马乱的，或者是有人贪财、反感佛家物什之类的吧。”

“到底是个怎样的祸乱？”

“这话我不知道当讲不当讲……因为据说好像和你家人有些关系。”

“但说无妨。”

“我和你爷爷来此地时，村上大多是妇人儿童，然后还有几个别地迁来的老人，本地的那些妇人儿童从来不说此事，只是曾偶然听那些后迁来的人说起过一些浮光掠影。据他们听说，此地曾爆发过一次谋反，后来所有的逆贼都被杀死，镇上拆了许多木桩，立在空地上，反贼的尸体就被挂在那儿示众，虽然镇上人那时大多都已经跑光了。据说，据说你奶奶的爹就是领头造反的人……”

罗一心头想起奶奶此前说的故事，不禁背脊一寒，然而奶奶家事也算是私事，也不便与老吴对证的。

“后来呢？”

“后来啊，后来原先镇上的居民迁回了一些，我们这些逃难的人也有到此的，不过整个镇子比原来人少了很多，与其说是个镇子，不如说是个村子了。”

“我听说这里以前有冶炼兵器的铁匠，你可曾听说过？”

“从没听说过。你是不是听你奶奶说的？”

“嗯，她说以前镇上擅打名刀。那时家家户户都有刀，和现在不一样。”

“罗一啊，不是我说，你奶奶毕竟年纪大了，病重，说些迷糊话也是有的。镇上打刀的事情我是从未听过的，皇帝坐江山以来百姓如何能带刀？你奶奶年轻时天下初定，更是严之又严，况且沙镇人素来穷，哪有刀兵之闲……沙镇爱养马倒是真的。”

“可我不明白，为什么沙镇只有马能来，骆驼却来不了？”

“我刚来的时候，也问过这个问题，本镇没人说得出个所以然。然而就我亲眼所见，骆驼走到离此十里的地方就会狂躁不安，无法前行。外面流传都说是因为阴气太重，骆驼胆小，不敢接近，只有马敢来此。”

“阴气太重。”

“对，据说是因为那次谋反，好多人的尸体后来都被抛在井里，井后来也不出水了。沙镇周边的风暴越来越大，人们日子越来越苦了。我儿子就是吃不了苦，跑了出去。”说罢，他意味深长地看了罗一一眼，便不再多说了。

后来傍晚时分，天色渐暗，罗一一个人又去爷爷的墓前探望，气氛萧杀，一如昨日。不过倒发生了件奇怪的事，罗一祭拜之后继续往北乱走，忽然见远处斜坡上一棵大胡杨下有个长方形的挖得很不齐整的墓穴，墓穴似乎很深，里面竟有东西动了一下。罗一心头一惊，壮着胆子往前走去一看，发现原来是个老人睡在里面。这老人睡在里头似乎并不很怕热，脸上盖着一块看来许久未洗的方巾，已经发黄显得极旧了，土色褂子皱巴巴地贴在他干瘦的身上，露出来的手臂早已经晒成酱色了。他似乎浅浅睡着，身子不时地动一下。罗一欲再往前看，不想脚步声竟惊醒了这个老人，老人腾身而起，如同被压弯了的一张弓突然张开。他四顾左右，又看了看罗一,一脸迷茫，又看了看自己，于是重又恢复了之前一次见他的窘态。是的，罗一认出来，这个人就是早上鬼鬼祟祟往北边走的老人。这人又望了罗一一眼，似乎想要说些什么，然而复又放弃，佝偻着背，悻悻地离去，身后的尘土似乎也如被惊扰了一般，微微扬起。

晚上住在老吴家的时候，罗一睡在床上，问及此事……

“那个人姓宋，前年死了老婆，膝下没有子嗣，为人胆子小，怕没有人送终，整日担惊受怕，我们怎么说他都不济事。今年开春的时候，他在坡下给自己挖了个墓穴，垫了块棺材板，白天也躺在里面，估计是怕自己没人送终，想干脆躺死在墓穴里。”

“可我们不是早上见他从屋里出门……”

“问题就在这里。他是个极胆小的人，晚上估计是黑了害怕，又怕我们知道，偷偷潜回家里睡觉。可是村里谁不知道他的那点事啊？据说他晚上回到家虽然没有那么害怕了，但还是一宿一宿睡不着，他似乎只有白天躺在墓穴里才能睡得好……”

“他没有自杀过？”

“自杀？如果我是他，我早自杀了，可是他根本没有这个胆量自杀，真是人越老胆越小……”

罗一躺在床上，想象不远处的屋子里正有一个老人失眠，或者竟是强迫自己不睡着，觉得异常悲哀。

第二天早上吃过馍，罗一便径直往奶奶家去了，依然是六嫂无精打采地出来开门。六嫂虽然身上气力很大，但是总给人一种感觉，她是永远睡不够的。六嫂望着眼前这个见过两面的少年，并无表情，总是与世无关的生活态度。罗一突然发觉阳光直射在她脸上，有一种沙尘流动的感觉，或许她竟比昨日老了一些。

奶奶依然躺在她的那张床上，床边的墙上却挂起了一张新草席。

“你来啦……”

“奶奶早。”

“我昨天说到哪里了？我自己都有些不记得了。昨晚上自己纠结了一夜，怕接不上，钻起牛角尖来我自己也拿自己没有办法啊。”

“说到你爹不让你和他一起守村，要你去佳儿果拉。你说你自有打算。”

“是了，不是我不记得了，只是记忆这种东西，有时不是丢了，而是像锁在柜子里的东西，一时找不到钥匙打不开而已。你就是我的钥匙了。”

我那天晚上，和全村的妇人孩子一样，星夜收拾着自己的行囊，做去佳儿果拉的准备，然而我心里想的却是中途偷偷溜号去帮爹。那时年纪真是小，不懂事，想法都是直来直去的。

过了午夜不久，估摸着启明星还要一个时辰才能升起来，我们就准备出发了。我原先以为爹见我满口顺从会放松警惕，结果我上马后，他抽出一条绳子把我的手在马脖子上打了个死结，还大声对马队里的说：

“到佳儿果拉之前谁都不准给她解开！”爹撂下了这句话。

“我比谁都了解你，你到了那边和大姨嫂子们要好好相处。爹要是三天内没有过来，你们就等一年之后再回阔坦吧。”说罢，他拍拍马屁股就走了。我记得他将手中的刀握得紧紧的，一句多余的话都没有……

我手被绑在马脖子上，勒得紧紧的，好像是爹按着我的手不放，一路上我在马队里和他们讨价还价，可是他们并没有理我。唯一发出声响的只有我白马脖子上的铃铛。

但有一个小男孩不住地望着我，这个男孩叫作小龙，我就觉得自己有了机会。

他骑着一匹小马跟在我旁边，好像刚会飞的鸟儿般雀跃。

“小龙，你平时使什么兵器？”

“剑！”

“是木剑吧！”

“桃木剑。”小龙耐心解释起来。

“使木剑哪里算英雄，你可见我爹使的是什么兵器？”

“大舅使的是大弯刀！好威风。”

“对啊，你想不想有把刀？”

小龙摸了下自己的鼻子，左顾右盼了一下，说："想，爹说得等我长大了才给。"

"我们做个交易怎么样？你把我腰上的弯刀拔出来，帮我割了这鸟绳子，这把弯刀就是你的。你年纪小，你娘亲不舍得打骂你的。"

"……"

"刀在你手上，我就不会再夺了去的。我说话算话的，你信得过我？"

"不准耍赖！"

我俩把马放慢，拖到了队伍最后。小龙麻利地从我背后掏出刀子，他定了定神，在手中翻看了两眼这把如钩弯刀，喜滋滋地帮我一刀割了绳子。我手腕一松，登时才觉得撕裂般疼痛，掠起缰绳，掉头就要走。

"姐姐！"小龙喊住我。

我一惊，不知何事。小龙收刀入鞘，小臂一甩："接好！"

我一把捉住弯刀："你这是……"

"你去帮大舅，用得上！但你回来的时候一定要还我，我只是借给你，不准弄坏。"

"谢了！"马身一腾，我便按原路狂奔回去。

我自己想来是很傻的，虽说我赶在天亮前一路狂奔回了镇子，但爹看到我的时候眼里只有愤怒和不忍，他二话不说就把我捆了。这一回，他似乎比之前都要使劲，好像咬着牙嘱咐一件什么事一样。他就是这样的人，听镇上人说，娘去世的时候他也一句话没有说，只是在墓边种了很多娘以前喜欢的花。这些花都不保鲜，沙漠里根本活不住，那段时间爹就日日想法换新的，后来终于有一天他不再找什么奇花异草了，他用他手里的刀雕了很多石花石草，还给娘雕了个很大的石碑，直到他死的时候还是没有雕完。

爹把我死死捆住之后，像捆行李一样扔在了马背上。爹摸着马的头，口中念念有词。马儿若有所悟一样就迈步开始走了，沿着去佳儿果拉的路，笃笃笃笃。我头朝下地横趴在马背上，回头望去，都是反的。爹倒挂在天际之上，一动不动地望着我，我突然觉得在这个颠倒的世界里似乎爹显露出平日所没有的幸福，好像，好像他就要与娘团圆了。

爹缓缓转身，拔出了那把弯刀，越走越远，拉上了马的缰绳，往下一跳就上了马，其他几十个男人也骑着马向他聚拢来，他们列成一排，向着东方。此时天也发了白，像刀刃一样干净。

他们高唱着回纥人古老的歌谣，似乎歌唱着将士出征，似乎歌唱着打猎归来。他们每一个人都举起了手里的弯刀，马儿开始缓慢而整齐地迈步。他们的速度越来越快，马儿腾跃着，似乎就要飞出我的视线，而当他们变成沙海里一条黑色的闪电，他们就埋入了地平线。

瞬息之间，他们变成了一轮巨大的血红色太阳，压破了天空，带着灿烂的金色，染了一天，进而，毫无迟疑地坠入了这巨大的明澈的深渊。

我趴着，一动都不想动。马蹄深一脚浅一脚地踩在沙里，沙里扬起尘埃，不紧不慢地流过。清晨的世界寂静无声，不知过了多久，等到马儿的影子逐渐变小了之后，整个沙漠的温度似乎反常地下降了一些，或许只是我的幻觉。似乎马儿正越走越慢，继而驻足在某个地方转过身来，望着镇子的方向。我侧过头，远远望着那风滚滚而来的方向，马儿突然躁动起来，前后蹄不自觉地乱踩，鼻子里焦躁地哈着气。它和我一样，都闻到了气味。

没半晌，气味越来越重，远处也渐渐升腾起了浓烟。远远的，我看见一阵黑雾似乎正贴着地面往我这里快速飘来，好像是一群飞鸟，快速地扑腾着翅膀。它们羽翼张开，头部显得很近。过了一段我才发现，是黑压压一群官兵骑着马追着一个黑衣人，黑衣人的马似乎跑得非常不利索，但仍然奋力前行，不过已是一跑一顿的架势。只见后面弓箭齐发，虽偏偏散散往上乱飞，但终于使那匹马中了一箭，闷闷嘶了一声，就像一摊死肉一样伏下不动了。那人如闪电一样跳脱而下，在沙上狂奔，速度并不比马慢多少。其实我后来才知道他是径直向我跑来的，这一段半里的路程他几乎是夺命狂奔，因为他又看到一匹马了。

他像饿虎扑食般跳上马背的时候大略起先是想把我一脚踢下马的，然而看到我的装扮，也许迟疑了那么一刹那，他做了另一个突发性的、很可能让他赔上性命的决定：他并没有一刀把我劈了，而是带上我一起跑。我很长时间都不明白这是为什么，他也只做过一次解释，他说他不杀手无寸铁的人。这听上去显得他似乎是一个有原则的人，然而我当时相信大盗沙上飞绝不是这样的人。

某种程度上，如果他一刀砍死我，或许也是一个很好的结局了，我就不用留在这里受苦，可以早些和爹妈团聚了。

然而当他骑在马上，像拎小鸡一样把我挂在马鞍前的时候，我还是燃起了巨大的求生欲望。不知为何，他挥动缰绳的时候，马儿跑得出奇的快，我在马上虽动弹不得，但还是本能地死死贴住马背。视线里面只剩下飞速移动的线条，好像一切都被筛过了。黄沙、白马，还有黑色的人。

马儿跑得越来越快，我眼里翻飞的马腿好像化成了旋风，化成了水墨画里面的飞白。它时时腾跃而起，我就像失去重量一样一起一伏颠簸着，内脏翻江倒海。耳朵也几乎在喊杀声和脆裂的马铃铛声中失去听觉，甚至知觉殆失，眼见嗖嗖的箭矢飞驰而过，依然无法做出任何反应。

等我恢复知觉的时候，我已经躺在了沙上，天色都暗了，耳朵里只有些噼噼啪啪的声响。似乎有腾腾热气从我身上流过。我侧过脸看，见旁边正生着一堆火，一个人正在那儿烤着一对野兔。我想要支撑着起来，可是发现几乎没有什么力气，用手肘勉力把自己支起来，立时大转地旋，呕吐不止。

我边吐边咳，内脏都要崩裂了一般。那人递过来一只牛皮水壶，我吐得说不出话，接过来就大口大口喝，可能实在是喝得太急，复又咳了起来，干呕着，往外吐着水。

那人怒骂了一句："× 你妈的，浪费水！"他复把水壶夺回去。

我无力回话，自己支撑着，尽量使自己平复下来。我低着嗓子，没力气地问了他一句：

“这是在哪里？”

“离泑泽还有一百五十里的地方。这个地方叫敦薨山。据说这里以前有一条河流往西流进泑泽，现在已经完全找不到了。”

我这下才看清这个人的脸，他大概二十出头年纪，面孔消瘦，身上穿着灰黑色披风，里面一件土布褂子。他说话的时候不看我，继续烤着兔子。

“还未请教大名。”

“不用不用，江湖人送浑号沙上飞，就是我了。”

我当时觉得眼前不过就是一个江湖郎中，最多是个懂得在沙漠里骑马的江湖郎中。

“别骗人。你当时为什么会在沙镇出没，为什么要抢我的马？”

“哎哟，姑娘，我发现我救错人了是吧？要不是我一时心慈手软，上马的时候早就一刀把你劈了。现在你倒好，没句谢谢的，反在这儿审犯人似的，你想做啥？”

我勉为其难地说了声“谢谢”。

“这么勉强……”他说道，“为了报答我，你身上有没有什么值钱的东西？”

“你救我就是为了钱啊？而且你还借了我的马。”

“这是两码事，我救你是我仗义，你借我马、给我钱是你有良心。”

“我没良心的。”

“这么说吧，你这匹马不错，你腰上那把小弯刀我也拔出来看过，刀刃煅得……其实也马马虎虎。你把这两样给我，我们俩就两清了。”

“不要脸，这把刀和这匹马都是我爹妈给我的，怎么能给你？”我说罢死死握着腰间的弯刀就要准备去牵马走。

然而，我勉强站起来，没几步身子就软了，又坐在了地上。

“你吐了一路早没力气了。幸亏你中途吐干净了，要不那帮人光跟着痕迹就可以追上我们。”

“那帮人是刘子谦的官兵吗？”

“还能是谁？刘狗见了他就有气，到处镇上都是我的悬赏令，也不找个好点的画师，人画得跟鬼一样。”

“你为什么要在沙镇？”

“笨蛋，我是马贼啊。哪里有麻烦哪里就有我，沙镇养的马好天下皆知，收到消息我就在附近埋伏，等两方杀疲了，我自然好动手。谁知道到了镇里，全是死马死人，我总不能空手而归吧？我见几个官兵在争夺一把弯刀，一眼便知是好刀，便夺了过来。哪知原来那里有那么多官兵驻守，都齐齐地来追，使阴放箭，这才上了你的马。”说毕，他便晃了晃手中的弯刀。正是爹的那柄弯刀。

“这是我爹的弯刀，快给我。”我急忙要上去夺。

“欸欸欸，”他身子一让躲过了我，“大漠里的规矩，东西在谁手上就是谁的。”

“那马和我身上的弯刀也是我的！”我拔出弯刀，指着他。

他一脚飞踢，踢中我的手腕，弯刀脱手飞到空中，被他跃起一把抓住，于是反过来拿刀指着我说：

“你要搞清楚一点，如果我愿意的话，敦薨山上每一粒沙子都是我的，包括你，还有你的马和刀。”

“你也要搞清楚一点，你现在用刀指着一个手无寸铁的女人，算什么英雄好汉？大漠中的沙上飞才不会是你这样。”

他被我说得不知作何以对，把刀扔在了沙里。

“这把刀我不能给你，我答应了一个孩子把刀送给他，他现在只是借我用用而已。我现在要骑马回沙镇找我爹，你告诉我怎么走。我现在不和你纠缠，回头把整个沙漠翻个底朝天我都要把你找出来，问你要回我爹的刀。”

“这把刀的主人已经死了。”

“我不信，我要去找他。”

“你爹是个好汉，他被几十个官兵围杀，依然没人能近他身，后来孬种官兵围着他射箭，他才连人带马倒下的。中箭之后他还杀了好几个官兵。”

我当时完全不能相信他的话，然而事实上我在同爹告别的时候我就有了这样的预感。不过有的时候，人还是愿意相信和编造一些好的事情不是吗？我会想象爹杀出重围，在佳儿果拉等着我，不是吗？这个世界上有一种人，譬如我，就是愿意相信一些好的事情，因此愿意骗人也愿意骗自己。

他告诉了我一件事，官兵之中有一个刀客，是刘子谦花重金雇来的。听闻此人出生在泑泽之畔，泑泽人日日以打渔维生，而他捕鱼从不用网，用刀。据说此人出刀极快，在渔船一端轻轻挥动刀刃，就能刺中湖鱼，所以大家都喊他“刺鱼刀”。近年年辰不好，他也出来了。沙上飞告诉我，爹之前一人独战众骑，最后就是被这个刀客一刀毙命。

这个刀客最大的特点就是他用反刃刀，所以也是反手拔刀，大漠里无人不识。

“我爹一定没有死，他一定逃了出来。”

“如果你执意这样想，反正也与我无涉，你要往沙镇送死，你自来自去。一个没有刀的人，在大漠里能逃到哪里去，能逃出沙镇吗？”他继续烤着兔子。

“刀是我的，要是我爹活着，我要还给我爹；要是他死了，这把刀我也要留着。”

“姑娘，要是我要定了这把刀呢？”

“要么你帮我报仇，要么你就把我杀了。”

“杀了你对我没有任何好处，而且我有一个原则，不杀手无寸铁的人，不杀女人。”

“哼，你们马贼倒有原则起来了，你抢刀的时候怎么没见你有过什么原则？”

“你这姑娘满嘴鬼话。刀在我这儿，你有本事就来拿。这一带的生意就要没了，我也要换一个地方做生意了。”

他说着，看了眼火上的食物，说了句：“这是我才抓的两只野兔，你一只我一只，吃完了就此别过吧。”

他说这话的时候有种不耐烦，这种不耐烦显得他并不像个马贼，而是像一个非常普通的人。因为马贼根本没有不耐烦的机会，他们只有手起刀落。

念婆婆这几日一直卧床不出，罗一也不便打扰老人休息。镇上的大夫来了几次，皱着眉说她这几日似乎牵动内息，有了浑身发热、额头滚烫的症状，又饭食懒进，本来身体就很差了，长此以往实在让人担心。甚至听六嫂说，她有时竟说起了胡话，嘴里说出许多从未听说的人名和故事，前后矛盾、乱七八糟。而罗一，住在老吴家，耐心整理着这些零零散散的故事碎片，尽量拼贴出一个与念婆婆口中那个世界最为接近的现实。罗一不知道这回奶奶身子发热，会不会将来身体愈加不好起来，甚至担心这个故事也许讲到这里就要结束了。罗一多么渴望这个故事奶奶可以和他说上好多年，直到奶奶一百岁，这个故事永远也不必说完。罗一人生第一次感到眼前这个亲近又陌生的老婆婆和他说起她记忆深处的涟漪时，是如此信任与放松。他无条件地被相信了，而他也深深相信那涟漪背后的光辉。如果这个故事真的无法继续说下去，那奶奶也许真的要终生遗憾了，而且也许于他也是种巨大的遗憾，因为这个故事似乎也是他亲身参与的。是因为对着他，这个独一无二的故事才得以完成。而且对于他来说，还有好多疑问没有解答，比如她要沙上飞归还她的东西到底在哪儿，比如太爷爷是不是当时并没有死。他还在期待着奶奶慢慢告诉他。

罗一这几日常去墓地祭拜爷爷，一方面在爷爷墓前祈祷，希望奶奶身体可以好起来，另外一方面也非常好奇那个姓宋的老人有没有又躺在墓穴里。然而墓前的祈祷他日日都做得齐备，去回答自己好奇心的勇气却始终没有，罗一似乎觉得老人身上都有些自己无从了解的东西，甚至了解和追问的欲望都显得非常冒犯，也许自己对于他们生命里大小事的自发感知，对于他们就显得异常粗暴。也许这位姓宋的老人身上也有许多故事可说，只是他再也不愿意向他人提起。

所以他并不知道那个墓穴里是填满了黄沙还是老人依旧安然地躺在里面，他也并不刻意打听。罗一在从瓜洲往聊城坐船的时候，同船也曾有一个老人。这位老人，入夜才上船，他身上并没有行李，只带了一壶酒。他干瘦如藤，却很挺拔，气色虽有些疲惫，但心情似乎并不很坏。上船后与罗一寒暄了几句，说自己要去清江浦探朋友，多年未见，不知对方是否迁居，但碍于奇怪的心理，并不愿相问，怕反倒生疏了。他说这次望朋友，原来是偶然翻到友人年轻时的赠诗，是他二人在石码头街同赏桃花时互赠的。他赠友的那首是一首七绝，口占而出，便随手题赠，当时他对于这首诗的尾联颇为自得，然而数十载过去，竟怎么都想不起来了。今次，一定要问一问。

那晚，夜凉如水，皓月半钩，老人与罗一随口闲聊，竟颇为投契，于是分酒共饮。他回忆起自己当年与乡里少年七八人，同坐船往长安，弦歌一路，问柳寻花到野亭。还说起曾于长安市肆遇一女子，并不知姓名，起初也已遗忘多年，最近竟每每想起，想起来真是奇事一桩。罗一与他闲聊良久，直至月升中夜，始有困意，便将就对付着睡了。老人说自己再坐会儿，于是又一个人坐到船尾去望月亮了。

第二天早上，河上白光一片，罗一迷迷糊糊地起来，但见老人背着身睡在自己脚边，而船夫就喊说清江浦快到了。罗一便推推老人，老人不应，罗一才觉异常，将他翻过身来，往鼻翼下一凑，始知已没了气息。船到岸之后，船夫和码头上人找了个路边郎中来看，郎中骂道，这人早死得干干净净了，一大清早害我生意晦气。船夫也骂起来，后来没辙，只得就近找了义庄暂时存放，然而船上人包括罗一在内，都不知这个老人姓甚名谁，更不知他要探望的朋友在哪里。

过了四五天，大夫说念婆婆的烧退了一些，罗一便去她房里探望了她一次，见她气色尚好，只是比之前更消瘦疲乏了些。她大略知道是罗一来了之后，一直对他安静地笑，也并不对他多说些什么。罗一看了，便觉得极难过。事后，老吴也找了他一次，大抵是说看她身体一日不如一日，该早做打算。

村上人都来看望她，以为不日即是永诀。然而幸运的是，念婆婆这几天饭食逐渐恢复正常，气色也好了些，有时竟又能下床来了。旁人见了颇觉有些神清气爽的意思，都替她高兴。念婆婆这几日早晨甚至还在日头下坐了会儿，自然六嫂是明白念婆婆年纪比较大了，凡事都要当心着为好，所以也不让她久坐，依旧让她回屋里躺着。镇上人后来坐一起谈天时也多少知道了些罗一记下她口述故事的事，大家大多面面相觑，不置一言，只有老吴说了句，你就听她讲、帮她记吧。这也是她一桩心愿，不好忤逆了她，说话虽容易伤神，但要是让她动了气总是得不偿失。

又过了数日，六嫂来找罗一说，念婆婆有话要与他说，罗一便兴致很高地过去了。这日天光极晴好，罗一到念婆婆家的时候她似乎已经吃过了早饭，正坐在床上，背靠着墙，望着窗外。六嫂似乎之前将窗子撑起来了一些，微微透出一些风来。

“外面好像没有前几天那么热了。”念婆婆说话并不大声，但似乎中气较以往足了一些。

“是啊，不过我猜也是一时半会儿，最热的时候就要来了。”

“你喜欢我讲的故事吗？”

“不好说，因为你还没有讲完嘛。目前为止，至少，我很喜欢那个年轻时候的你。”罗一照实说了。

念婆婆近乎谅解地微笑起来。

眼前的这个沙上飞，和传说中并不一样，既不是很矮小，也不是很冷血。然而这是我后来才愈加明确的事，因为当时他确实是想和我分完野兔之后，就骑马向西北走的。

他武功比我好，马和刀都在他身上，满口强盗逻辑。总之他是不愿意将东西还我了。我知道再说也没有用，又杀他不死，我便一直跟着他。敦薨山一带寸草不生，马也热得嘴里吐着白沫子。马儿今日也是走不快了。快到傍晚时分，他加快了速度。

“你该给它多喝点水才是。”他骑在马上，我在后面走路跟着。

“你不要跟着我了。”

“我和你说，马儿要喝水了，沙镇的马也没这么耐渴的。”

“我知道了。”他翻身下马，从马背上我的包裹里解下一袋水，把绳结解开，兜着水对着马嘴，马儿就像小孩子一样咕嘟咕嘟喝起来。喝毕，他自己也取了一些喝，然后依然翻身上马。他背对着我。

“还有多久才能找到水井？”

“如果今晚赶路赶得急，明天中午就能到达。”

“我会渴死的。”

“你可以原路返回，敦薨山南有一口水井的。”

他继续骑着马，而我也继续跟着他走。

夜色渐渐深了。气温下降很快，马儿也越走越快。视觉上虽然幽蓝一片，但是我却觉得有火在我骨头里燃烧，把我每个关节都烧得粗糙，一举一动都会觉得疼痛。而我脚上那双靴子鞋底也如刀刃一般。我眼睛里的东西逐渐变得模糊起来，但是如果我现在调头回去，依然是死路一条。

眼前这个人分明是在挑衅我，折磨我的耐心。他是在期待着我求饶、放弃、知难而退。主动权在他手里，于是他乐得其所地为之。可是刀和马都在他手上，如果我现在逃开，自然是遂了他的意，而我如果问他讨水喝，难免又是一阵奚落。

那时的我年纪虽小，脾气却从来很倔，镇上人都说我这个人，倔得像戈壁上的石头，一千年都不会变。而那个时候，一方面是想要回爹的遗物，另一方面，我心里就是憋着一股莫名的气息，就是要在此时此刻与眼前的这个人较个劲。

我的嘴唇干如黄沙，自然也不愿说话。他虽间或说几句抱怨天气热和口渴的话来刺激我，但是我始终不答他，沙粒之上两个人的沉默好像一个巨大的蒸笼，在煎熬着我们。

也不知是什么原因，他骑马速度突然慢了很多，不一会儿竟然停住了。他跳下了马，神情紧张。他趴在沙地上，好像在听什么。

“有人在追上来……”

“什么人？”

“……不知道，但是速度非常快。”

“有多少人？”

“只有一个人、一匹马。”

他表情凝重，似乎知道对方是谁，并在苦苦思虑着对策。他转过身来对我说了声：

“你上马吧，马背上的水和干粮足够支持你到泑泽了。”

“你这是什么意思……”

“什么‘什么意思’？我跟你说，现在追上我们的人就是刺鱼刀。现在马疲惫到了极点，根本跑不快，我们一定会被追上，与其被他追上，不如正面迎敌，还比较节省体力。你留在我边上太拖累人了。娘个咧，全是你惹出来的祸，还不给我赶紧走。”

我并不答他。

“你这人脑子有问题吧，想不想活命！你都成这样了还他妈和我争！我和你说好了，你在泑泽，在第一口井的地方等我，不准跑。这匹马是我的，现在只是临时借你，我明天天黑前一定回来找你。”

不知道为什么，不管他说话怎么粗俗，他的语气似乎总有些不容反对的善意，这种甚至有时有些孩子气的可笑，使他显得不像一个马贼。

只见他盘腿而坐，告诉我那个刀客一个时辰内一定会到。而如果我能在中午前到达泑泽的话，说明我的安全是没有问题了，只要在那儿等着他来就行了。

“你要徒步穿越沙漠吗？”

“他是骑马来的。”

虽然他说得十分笃定，事实上我能感受到他那种特殊的紧张。但是他已经决定一言不发了。他手中是爹的刀，端在膝盖上。

我照着他说的话往西北走，不时往后看。我在马上慢慢地喝着水，按他说的，非常渴的时候喝得太快会呛了肚子。我感觉自己在往黑夜里走，因为明明他所在的那个方向已经泛起了鱼肚白。我累极了，我几乎是趴在马鞍上，我垂首靠在马脖子上，竟要昏睡过去似的，马的鬃毛垫着我的脖子，抵御着黎明前的最后一丝寒意。我的手轻轻环在马的脖子上，马脖子微微流着汗，沾湿了的毛发非常光滑柔软，马儿笃笃地向前，牵连着肌肉在我手指边弹动。这种重复使我感到安心。我很快就入睡了，我做了一个很长很长的梦。我梦见的东西很快就忘却了，但是却有一个场景一直遗留至今。

那是一个巨大的沙丘，金黄色的沙在日光前划出一道弯弯的弧线，许多身上没有鞍的白马勉力着翻上了坡顶。它们在最高点驻足了刹那，鬃毛也都染成金色，然后它们又飞快地奔腾下坡。成群的马儿就这样像冰山玉碎一样崩裂而下，它们踩在沙上似乎无声，但却好像在我心里踏着。然后我看见，坡顶上出现一个骑马人，他背着光，高高地停在那儿，既不往前，也不往后。我看不清他的脸，但却非常确信那个身影，斜斜地落下来的，就是我爹。

到达泑泽的时候，中午尚未如期而至，但我知道现在已经安全了。巨大的艾绿色湖面绸缎一般在面前展开，被日光一照，就好像孔雀转身抖动了一下羽毛。

我没有见过孔雀，但是在画上绸子上见过，家里藏着一段好绸子，那是外公嫁女儿的时候牵着五匹白马去西固城换的。爹曾给我看过，豆青色的绸子上就绣了一只开屏的孔雀，四周是各色花卉，孔雀的墨绿色好像如水悠悠能动一般。爹有一次和我说，我出嫁的时候也要去西固城剪一刀新绸缎，也还要孔雀花纹的。

我这时候才想起，泑泽在汉人间还流传着这样一个名字：孔雀湖。

我翻身下马，从包裹里掏出些干粮草草地填了肚子后，就在湖边的红柳树下歇息，而沙上飞说的那口淡水井就在目力所及的地方。喂饱了马儿、装满了我自己的那一份后，我从包裹里抽出一个新的牛皮壶，又装了一人份的。

休息了一阵，我去往湖边走走，这水被常日照得热热的，甚至去摸一下清澈湖水下的圆石，也都有些烫手，不过将这些圆石翻过来，摸上去依然是凉凉的。湖边的石头都被冲刷得很光滑，好像磨洗许久了。

中午总是异常的热，这便让我想起小时候爹和我说过的一个故事，说古时波斯人要迎娶中原公主，派使臣远去中原接亲。返程的时候他们却在大漠中遭遇兵乱。当时西域各小国征伐不断，于是迎亲队伍前后的道路都被切断了。为了保护公主的安全，使臣们将公主安置在一座孤峰上，搭设梯子攀上爬下送上三餐，峰下驻兵把守。等了三个月，事态终于平稳了，他们准备护送公主前往波斯，却发现公主已经怀孕了。原来，就在这三个月中，每天中午太阳神都会骑着骏马来与公主幽会。迎亲队伍无法复命，于是他们就在这孤峰之上建宫馆、筑城池，立汉家公主为王，建立了朅盘陀国。爹告诉我，娘，就是朅盘陀国人。

在悠长的等待中，我脑中想象着沙上飞和刺鱼刀之间的战斗，飞沙走石，刀光剑影。这应该是一场早已经结束的战斗，而我可以告诉你最后是沙上飞赢了。我其实早就知道他会赢，在我离开他的那一刻，我就清楚地知道，因为我看到他平静之中有一种紧张的情绪，就像是初入江湖一样。

听爹说过，真正好的刀客，有一些性格是颇古怪的，他们虽然身经百战，但是每一次出刀之前都会像初次杀人时那样紧张。这并不是一件坏事，这种紧张能让这些成熟刀客保持一种持久的敏感和追求完美的心态。这种刀客不会随意与人比刀，如果他决定出刀，一定是完美的一刀，干干净净。这种紧张常会给这种刀客带来一种内心的平安，而不像普通人紧张时那样躁动不安。刀客会像狼一样不动声色地接近猎物，此时内心兴奋的紧张和嗜血的本能，会给他们以真正的帮助。而我，一眼就觉得沙上飞是这种人。

沙上飞那时一定是安然朝南坐在地上，而太阳从他侧面缓缓升起来，给了他一个血色的剪影，刺鱼刀从南边骑马飞驰而来，马蹄下沙尘一片。刺鱼刀在沙上飞面前勒住了马，马儿嘶鸣了一声，举着蹄子，围着沙上飞走了一圈，又回到了正面，刺鱼刀翻身下马。沙上飞站了起来，二人只有十步的距离。风沙此时渐渐搅动起来，在一片赤红色中升腾。两个人逐渐小步地接近，巨大的太阳下两个黑色的剪影，此时都握住了刀柄，沙上飞手里的是我爹的镔铁弯刀，而刺鱼刀手中的是蒲元环首刀。两个人面对着面，并不急于出刀。有人说，先出刀好，因为俗话说得好，唯快不破。然而这话只说对了一半，因为后出刀也可以很快，能抓住敌人出手时的破绽。

只听得“铮”的一声，好像都塔尔琴的弦绷断的声音。最后只有一个人把拔出来的刀缓缓收了回去，因为另外一个人根本就没有把刀完全拔出刀鞘来。刺鱼刀用自己的右手把逆刃刀反手拔出到三分之一处的时候，他的手腕就被切断了。拔到一半的刀在空中停顿了一刹那，然后就缓缓地滑了回去。“嗒”的一声，刀完全没入了刀鞘，而刺鱼刀的手此时才笨拙地落在了地上。如果我当时在场的话，我想我一定看不见那喷涌而出的血，因为映在赤色的太阳里，一定看不见了。而我想，空中一定久久留着那道弯弯的雪白色的寒光残影，虽然弯刀早已入了鞘。

我在脑中想象过无数种交战的场面，但我始终相信的都只有这一种，不由分说地确认。

这时候，沙上飞一定会说一句，你的马归我了。

然后他就会骑着马，向着西北狂奔而来。

而我不知为何，从湖边转过身来，眼望着南方，紧紧盯着那浮动的逐渐变暗的地平线。我希望此时在那天地间冲出一个骑马的人，刺破那沉闷的平静，奔向我。

就在此时，他真的像一支箭一样飞奔过来，连他周遭的空气都扭曲稀薄了。我逐渐看清了他。这个人叫沙上飞，他脸上杂乱有些胡茬，晒得有些黑的皮肤上有沙漠的光泽和棱角。他眼神澄澈，而背后的黑色披肩像风中的一面旗那样翻滚。

他翻身下马，拍了拍身上的尘土，继而又摸了摸马的头。

“妈的，这马可真不错，都快赶上沙镇的马了，可惜摊上那么个烂人，真糟蹋了。”

“你杀了他吗？”

“杀个牛牛，没有。”

“那你是怎么打败他的？不不不，你让我猜猜，不准先说！你是用快刀断了他的拔刀手是也不是？”

“欸，你还挺聪明……不过也他妈是废话，他一向出名的拔刀快、力气大，让他拔了出来，我就只能等着投胎再回江南种地了。”

他牵着马，走到水井处，就打水来给马喝，然后自己也喝了些。

我问他："你是江南人？"

"对啊，江南好地方，比这破沙漠好太多了。"

"那你为什么要离开江南来沙漠？"

"年纪小的时候学了点本事，说要闯荡江湖，就仗剑出门了。可是那时哪里知道闯荡江湖也是要吃饭睡觉的，没钱啥都干不了。所以这一路往西北走，到了此地，就干起了这抢劫商队的营生。"

"你既要闯荡江湖，没钱也不至于堕落到要做贼吧？"我忍不住说出这句话来。

他望着我，并没有说什么，但大概真是有呆了半晌，才走开了。

他走到湖边，站着望了一会儿，似乎想起来什么似的，又转头回来，取了一把小刀，去湖边割了一些苜蓿草回来，拢成一块。马儿俯身咀嚼着草料，好像又回到了沙镇，回到了我们的马厩里。

"我要睡一会儿了，我已经好久没合眼了。"他对我说完这话之后，就从马背上取下来原先卷起来的毯子，靠在树下，就在毯子上和衣歪歪地睡着了。

看着眼前这个人睡着的样子，我想到了阔坦，想到了自己的家。阔坦镇并不是很大，从我家开门出去，往南不用半炷香的时间就可以走到尽头。镇上有一半姓李，大都是亲戚。其他一些虽不是血亲，但在这荒凉贫瘠的小地方一起生活了若许年，也都知根知底。对门是大舅舅家的铁匠铺，现在已经不锻刀了，主要就是做些马蹄铁的营生。他是阔坦起得最早的人之一，但是他早上起来并不会马上干活把大家吵醒，他常常先出门捡拾些胡杨的断枝条，准备生炉子的火，当他将炉子彻底烧热的时候，太阳已经是晒屁股了。大舅舅之所以这么忙，也是因为生意好，大漠里常常都闻说沙镇的马好，李老大的蹄铁也好，所以每每有些人来收购。大舅一身本事，原先十八般兵器都打得，现在也只能打打蹄铁聊以维生，按他的话，总不能闲着，不能没饭吃。左手边是沙老奶奶的家，奶奶膝下无子嗣，八十岁的年纪，一个人住。每日太阳刚晒下屋檐的时候，她就会搬上一个小凳子坐在屋檐下，此时其他一些同龄的老奶奶也会围拢到她旁边，听她说话。她经常会讲一些沙漠上过去的故事，有的离奇万分，有的琐碎无聊，其他老人有一搭没一搭地听她讲话，似乎在完成一个想象的仪式一样。我有时候也会在旁边听她讲话，她说的故事荒诞不经，没有眼的鸟、沙中航行的船，起初我很不以为然，可是看着她的眼睛，我能感觉到她说故事的时候是如此真诚，至少她自己是确信不疑的。于是我也开始想，或许在这个神奇的、还有很多未知的大漠里，真的会有没有眼睛也能辨别方向的鸟儿、没有浪花也能航行的沙船。小龙还有其他的一些孩子有时也会跑过来听，然而他们大概是因为年纪小，总没有听下去的耐心，终于他们还是跑开，举起木剑，骑上小马，玩起了打仗的游戏。

走到井口往东拐，开首第一间，就是刘老爷爷的药铺。刘老爷爷从中原来，懂医术，常常在镇子附近，有时也去河源地带采各种草药回来，平日常见的那些芨芨草、梭梭草、苜蓿草、沙枣叶和白杨皮他都能够入药给大家治病。隔壁住的是李顺大叔，李顺大叔擅长造房子，阔坦风沙大，又没有很好的建筑材料，平时镇上盖个新房或者加固房子的话都靠李顺大叔。阔坦的房子构造历来都不复杂，都是用附近能找得着的白杨、胡杨树干一排排地夯砸埋插在沙土之中，再用诸如红柳枝等较软的枝条一圈一圈地把树干编扎绕粗，然后用麦草泥里外涂上，再而将这一排树干用土布层层围住组成墙体，如果还要加固一下，就可以在墙体上多抹些石灰，或者可以在搭房基的时候多加些石块土块提高稳定性。李顺大叔最擅长的就是挑选好的胡杨树干和红柳树枝，对于树干的间距等也有着非常天然的感觉。这几年风沙愈盛，镇上许多家的房子都是李顺大叔加固的……

我想起镇里的每一个人，每天早晨重复地熟悉，整个镇子在我记忆中已经固定成了那个样子，每个人的动作和面容，都像我身体一部分那样熟悉。而如今，我知道这个镇子已经挂满硝烟和血迹，大舅、刘老爷爷、李顺大叔还有我爹，可能真的已经不会再回来了。

我想报仇，可是我现在根本做不到。我想回家，可是现在家又在哪个方向呢？我只知道很远。

“明天早上转头往东南走。”

“嗯？”天色似乎是在一瞬之际变了黑，而我听见的是沙上飞在对我说话。

“三跌水在东南方向。”

“你是说刘子谦驻扎的地方？”

“对，不过不全对。因为那也是我家的方向，我家就是这么一直往东南走，快到海边的地方。”

“你要去找刘子谦？”

“对！这话说出来，你可能要不信，不过不知为什么，从沙镇出来一路上我一直都想起你爹在沙里舞刀的样子，我这才发现其实自己就是一个小毛贼，什么也不是。会甩几下刀又怎么样？还不是到处躲着官府过活。在我眼里，你爹真是个英雄，所以今天早上的时候我遇到刺鱼刀，本来想杀了这个人，也算是替你爹报仇，但我转念一想，我杀了他那又和他有什么不一样呢？说到底他不过也是活不下去了拿钱帮人出力。害死你爹的不是别人，就是刘子谦。为了赏钱全大漠追缉我的，也是刘子谦。所以我想去跟他来个了断。”

“你真的想为我爹报仇？”我实在有些难以消化眼前这个江洋大盗的话。

“其实也是为我自己。如果我能杀了他，还保自己不死的话，我就要离开大漠，回老家去。”

“回老家去？”

“对啊，我在家乡，原有个相好的姑娘，她老是嫌我一事无成，光知道在自家的院子里舞刀弄枪，一点出息都没有。当时我就赌气，一定要在江湖上闯出一番名堂，不然就不回去。这几年在离家很远的地方，自己一个人吃不饱、穿不暖，官府又下了禁武令，江湖上许多人都改了别的营生，哪里还有江湖？都成了生意。我就像个没头苍蝇一样各处乱闯，也没脸回去。我现在终于明白了，我这个样子，就算闯出名堂了，也是一个烂人，依然还是一点出息都没有。所以我今次想干票大的，干票痛快的，干票不要钱的。要是我他妈的能活着出大漠，我一定搭最快的船沿水路一路南下回江南。回家第一件事就是把她给娶了。她要是还不肯嫁我，我就去干票更大的。杀了那鸟皇帝我就不信她还不嫁我。”

这个人认真的表情如此熟悉。

“我觉得你有点像我爹。”

“明儿我先顺路送你回沙镇，我想那些官兵应该走了，你也好将村里人好生埋葬。然后我就到三跌水，一刀断了那狗官的头，取了回来祭你爹怎么样？”

“好！”

那天晚上我们学那刺鱼刀在湖里刺了几条鱼上来烤了吃，这还是我第一次吃鱼，特别的香。一边吃着烤鱼，我问他：

“你和我说说你的家乡呢？”

“我们家那边可几乎天天能吃到鱼，旁边就是小河，自己卷着裤子下去摸就是了。我们那儿的鱼虽然个头小，但是肉质还是要比这里细腻一些的。鱼常常都是用来煮汤喝，从来不烤的。这个季节在江南，我们会把湖里的莲藕拔出来，洗洗干净切下两头，然后往里头灌糯米，反正塞越多越好，还可以用筷子帮忙，两头灌完了，再把刚刚切下来的藕的两端用竹签固定好，放在滚水锅里，撒些冰糖，煮一个半时辰，煮好后放凉切片，最后淋上一层糖桂花就能吃了。真是又香又糯，啧啧。”

“放那么多糖，还不得甜死？”

“哎哟，我们在家从小都是这么吃的啊，我现在不也好好的嘛。哪像你们这里，平时三顿两顿吃馍馍，又干又硬又没味道，不知道有啥好吃的。”

“那你是没吃过沙镇的馍！那才叫一个香咧，皮子还带粘牙。你不信，你回来沙镇的时候我做给你吃，我做的馍全沙镇都爱吃。”

“你吹牛！”他笑说。

“我才没有吹牛，我是说真的。”

“我相好的妹子最拿手的一道菜叫作菱角烧肉。你知道菱角不？”

我摇了摇头。

“不知道啊？就是江南池塘里河里常常种的一种水生植物，它的果实就和根一起扎在水下的泥巴里，有时候也会漂在水上。我们小的时候，常常会坐在可以洗澡的那种大脚盆里，一边划水，一边在水里摘菱角。还可以顺便摘点菱角叶担回家喂猪。菱角可以生剥，吃的时候用牙齿咬开，吃起来水香水香，脆生生的又嫩又爽口。烧肉的话，我就不知道怎么弄了，她是会做的。我只知道熟的菱角吃起来粉粉的，又有肉的香气……”

那夜不冷也不热，我们吃着粗粗的烤鱼，在湖边讲着根本吃不到的家乡菜，说着说着就好像吃在了嘴里一样。我想他和我一样，也一定是想家了，想家乡的那一位姑娘，和那些美丽的食物。他后来有没有坐船回到那个种菱角、吃莲藕的地方，我并不确定；他最后有没有娶那位姑娘，我也无从得知，但那一夜的鱼和故事，苍茫泑泽上飘过的夜风气味，直到现在我都还记得。

念婆婆的身体几乎是一下子垮了下来，卧床不能起身，饮食也一概难进，烧了几场，已经不能说话了，只能喉咙里抖抖索索地发出些沙沙声。她如今大概已是全身无力，手都举不起来，放在一边的时候还不住地颤抖一阵。老吴见了她这光景，也只是叹息，却什么都说不出。六嫂依然如故，看护一会儿就睡着了。

昨日姓宋的那位老人被发现死在了家里。之前几日，乡亲们都未曾见他出门，连偷偷出门也未曾见到。后来有个邻居晚上有事来寻他，敲门不应，找来几个人推门进去，却见到老人躺在床上，早死了。他的身子已经有些腐烂，背上的皮肉已经黏在席子上了。

乡亲们眼见尸身已经如此，便赶忙帮着在他家里找出了一张草席，将就把他包裹住，向北抬到了他自己挖的那个墓穴里。他膝下没有孩子，各家人就大略凑了些干粮，兼有几个甜瓜权作祭奠。后来凑齐了一村子的人，当着大家的面，埋土下葬。整个过程异常简单，就像一道早已熟习的工序一般。村里人说要给墓立个木板、写个名字，大家张罗了半天，就喊罗一过来写字，都晓得他年纪小，打江南来，大略还是识得几个字的。然而罗一和他们商量怎么写的时候，才发现其实根本就没人知道他的名字叫什么，都只知道他姓宋罢了。据说他平时也不擅与人交，成日守着自家老婆，如今这个墓穴也与他妻子的墓穴相邻着呢。罗一便只得在板上用黑墨水涂抹了几个客气的字，使得单单一个“宋”字没有那么孤单。

这几日，罗一间或也去看他奶奶，然而坐在她身边，眼见着她随时可能一口气呼不上来就断了气息，心里止不住地难受。罗一如今就没日没夜地窝在房子里，整理那些念婆婆给他讲的故事，他尽量补充调整自己当时速记下来的稿子，使这些文字通顺连贯起来，并凭记忆力补上一些可能一时遗漏的内容。罗一整理着这些稿子，愈加悲伤起来，他更为理解到这个故事远没有说完，还有很多的问题需要解答，还有很多的呼喊需要回声，还有很多的桥段需要下文。接下来这些天，罗一常在屋里发呆，脑子里琢磨着事情到底会怎么发展，对着那些之前已经誊抄完毕的纸张，他竟然头绪甚微，不禁懊恼得很。有时他甚至怀疑这个故事本身就有头无尾，而沙上飞不过是奶奶在其父死后漫长艰苦的生活中，想象出来的精神寄托。

一日，他又去看望念婆婆。他坐在床边，而念婆婆仍然睡得沉沉的，他牵起她的手，看着她憔悴而满是皱纹的脸，花白的头发散乱着，呼吸浅浅。他就这样望着她，直到她渐渐醒转过来，在她弹动眼睛的时候她又露出了那种亲切而熟悉的微笑，好像从梦境中看见了罗一且认出了他一样。罗一看着她，恍惚之间，似乎想明白了很多事，故事中的许多疑问竟也突然有了解答，但罗一没有激动，也没有悲伤，他就只是那样望着她，直到她又重新安然睡去。

罗一回到老吴家，老吴正在点灯芯，“呲呲”短促的一小声，点着了。他小心地用手掌着灯，端放到桌子上，半个屋子就这样曳曳地亮了。

“你奶奶，还是那样？”

“还是那样。”

“唉，这个镇子上的人，一个一个都挨着背，往鬼门关走啊。”

“老吴爷爷啊，我问你一个问题，关于沙镇的过去，你都是听谁说的？”

“为什么问这个？”

“我就……随便问问。”

“听这里原来的住民说的啊。其实也就这几年你奶奶常和我们说一些，其他的原住民年纪大多比你奶奶大不少，早许多年前就都过世了。这么多年间，不少人又陆陆续续离开了沙镇。我想想啊，哎哟，你这样问我我才想起来啊，你奶奶还真是村里最后一个原住民了。”

这一夜，罗一在灯下，一个人就着黄黄的火一遍遍地看着这些纸稿，直到很晚。他感觉仿佛又能听到奶奶在他耳边轻轻诉说时的声音，带着真诚的语气。这场景，像一点烛火一样映照着他。

第二天白天的时候，罗一再问大夫许多问题，大夫都只是微微摇头了。念婆婆从来都是个很好的人，村里的人今次真是齐齐来到，安安静静地望她。虽然念婆婆似有知，但也什么都做不了，至多手微微动弹两下。

众人出来后都齐齐坐在墙根下，说起念婆婆来，颠来倒去无非是些过往与她交往的点滴。大家似乎都说虽然念婆婆脾气有些着急，但人却真是极好的，细细说来似乎全村家家都受过她些许恩惠的样子。老吴和其他几个比较勤快的村民张罗着，大家凑一起吃了顿晚饭。吃完饭，大家面上好歹多留了会儿，之后才陆陆续续各回各家了。

入夜了，老吴也忙完了，收拾了碗筷准备回家。

"老吴爷爷，你先回去吧，今晚上我想多陪陪奶奶，稍微晚些时候回去。"

"晚上回来的时候当心点，我看这天，可能要刮大风。"

"嗯好，我知道了。"

罗一又走进了这个房子，安静地坐在奶奶的床边，而念婆婆也是醒着的。罗一手中拿着纸稿，对念婆婆说：

"奶奶，你嘱咐我记下的内容我都整理好了，我一定会去找他的，你放心。这些稿子我检查了好多遍，基本上和你讲的差不多了。我现在握着你的手，读给你听，你要是发现有什么记得不对的地方你就用手指点点我，我便知道了，我再回去想办法改回来，好不好？"

虽然她没法回答罗一，但是罗一知道她听见了，因为她握了握罗一的手。

罗一就这样慢悠悠地念，从沙镇的格局说到刘子谦喝过的茶，从镔铁刀说到绑着念婆婆的马，沙上飞和刺鱼刀，孔雀湖和江南的菱角……罗一平铺直叙地说着，好像是在陈说着与他们二人无关的世界，有些遥远和模糊的，那个无法追回的过去。

纸稿一页一页地翻动，终于来到了最后一页，终于来到了那夜色中的泖泽，从菱角、莲藕到江南风物的谈天。然而文字也在这里终结了。

罗一读完了所有的纸稿，夜已经深了，自始至终，念婆婆都没有用手指点他。

罗一把纸稿整整齐，放在念婆婆的另外一只手里，而念婆婆也轻轻地把这些纸稿扣紧，好像已经尽了她极大的力气一般。罗一握着奶奶的手，叹了口气，犹疑了一下，决定还是要说些什么。

“奶奶，你虽没有把故事说完，但我听了这么久，多多少少也能猜到几分你的心意。我大着胆子，把这个故事说下去，你就好好听着，有不对的地方你就用手指点点我的手，好不?”

念婆婆大概是愣了一下，不过依然稍稍用力握了一下罗一的手。这一晚，也是罗一和念婆婆最后一次把手握在一起。

第二日一早，沙上飞就和你一起启程匆匆赶路了，两个人、两匹马就这样一路往东南方向走，也许看着那升起的一轮的时候，你心里却想要是可以一直这样走到海边就好了。

然而毕竟大仇未报，你爹尸骨未寒，实在很难再做他想，只得赶路。沙上飞路上话很少，间或只是问一下刘子谦上一回来沙镇时所带的人马有多少，身上什么兵器，如此种种。你大概很想问问他的真名叫什么，可是始终不知道怎么开口。就好像开了口，会走漏了一个秘密一样。

马儿到沙镇的时候，离黄昏还有一个半时辰。此时的沙镇硝烟已经散尽，整个镇子都是一片瓦砾，就像一个废弃倒塌的砖瓦厂一样。你在一棵白杨树下发现了你爹，胸口一道长长的伤口，死时眼睛圆睁，似还有许多敌人没有杀尽。你也许痛哭了好一阵，也许没有，因为根本于事无补。你和沙上飞一起在镇北将你爹埋葬，就在你娘的旁边。两个人，终于团聚了。

沙上飞知道你心里难受，也并不多说什么，只是给马儿喂着草料。之后你从地窖里面翻出了之前藏的馍，两人坐在沙地上慢慢啃起来。

“太阳落山前我就要出发了。”

“为什么不歇一歇，等明天？”

“明天搞不好他们已经撤出三跌水了，我傍晚出发的话，搞不好午夜能到，趁着夜色好动手。而且，深夜里也便于躲避和逃跑。”

“你害怕吗？”

“不害怕，为什么要害怕？我在做的是一件我这辈子觉得最对的事情，我相信一个人走对了路，只要心够绝，一定能成功。”

“话是这么说，可是毕竟敌营里那么凶险，他们兵多将广、戒备森严，恐怕不是可以随便出入的吧……”

“嘿，你还不信咧，我‘沙上飞’的诨号是随便给的吗？我认真起来，这点官兵奈何不了我。”

“我等你带着刘子谦的狗头回来。”

"好，那自然没得说。我要让你爹的刀饮刘子谦的血！"

"那说好了，回来你要把爹的刀还我……"

"又来了……这些账回来再算，你也真是小气得很。"

"你去三跌水就骑着这匹白马吧，这匹马从小跟着我，可称得上全沙镇最快的马，一定能在午夜之前赶到三跌水。"

"欸，你就不怕我拿着你爹的刀，骑着你的马，从此就跑路消失不见了？"

"你不会的，你肯定不会的。说好了刀和马都是借你的，明天就得还回来。"

"哈哈哈，我再问你一句，我要是替你们镇报了大仇，你们要怎么报答我啊？"

"镇上的马，除了这匹，随你挑。"

"万一我就是想要这匹呢？"

"那你得先拿出本事，过了我这关。"

"哈哈，那明早，等我的好消息吧。"说毕他翻身上马，猛抽了下马鞭，疾驰而去。

那一日晚上，你在镇上各处点亮了火把，到处寻找会不会有生还者，结果只找着面容熟悉的尸体。你壮着胆子，咬着牙，忍着眼泪把这些尸首集中起来，用那匹黑马拉着村上将将还能用的那辆旧板车，将他们一批又一批运到镇北的一间空屋里停放。那一夜，你根本没合眼，筋疲力尽地拖动着尸首，一个个安放好才肯罢休。你知道过去的时光不会再回，他们也不会再和你说一句话，而你唯一可以做的就是重建家园，好好活下去。

你待在火把旁取暖，夜风凛冽彻骨，尽管筋疲力尽还是没有睡意。你在等待着，想象着是否此刻沙上飞已经把弯刀扎入刘子谦的胸膛，而他也许现在正骑着白马，往西方飞奔而来……

你在等待着黎明，仪式般的黎明，等待着喷薄而出的红色中诞生出一个英雄般的黎明，在那天际云边、那绵延无尽的沙漠里，出现一个小点，就像第一次遇见他时那样，飞奔向你。你被黑夜绵绵的暗包围，可眼中总相信光明，所以你点起火把，照着东南方。

太阳升起来了，依旧是血红色的一轮，你终于看见在沙丘顶端那金色的弧线里，出现了一匹马的身影。马儿翻身越过那条线，飞奔而来，这时你才看清空空的马鞍，和上面仿佛被黎明染上去的片片血迹。

马儿朝你飞奔而来，马铃铛悠悠，将将停在你面前。你环抱着马的脖子，紧紧把头埋进去，手指摩挲着它的鬃毛和皮肤，沾湿了的毛发光滑柔软，不知道是马的汗水，还是他的血。

你自小遇事从来不哭的，有了眼泪也一早无师自通地学会了忍回去。从小比男孩子还调皮、比男孩子还倔强的你，在这时候却痛哭流涕，所有不安和委屈都涌上心头，从眼眶中流出比酒还醇的泪。你就像一个自以为很乐观的赌徒，在一夜之间，倾家荡产，突然明白自己原来一直误会着自己。

于是你决定放任你自己一次，哭个痛快。

你又等了一日一夜，之后便打点行装，一个人骑着白马往佳儿果拉去了。三日后，你把弯刀给了小龙，带领着原先驻扎在那里的老人、妇女和其他孩子一个不留地踏上回家的路途，再回到沙镇，将镇上的男人们一一下葬，之后便带领着老人、妇女和孩子开始了重建家园的旅程。你学着李顺大叔的样子挑选胡杨树干，重新造起房子来。你曾试图重建舅舅的铁匠铺，不过失败了。这不要紧，你慢慢跟老人们请教草药的配方、甜瓜的种植、马儿的饲料……总之，在这片废墟之中和大家挣扎着活下去。

后来沙镇上来了新成员，许多中原的流民陆续来到沙镇，一起帮忙让这个地方变得像一个活人的去处，其中就有我的爷爷。因为我的爷爷从江南来，能告诉你许多江南的风土人情，你最终嫁给了这个也许你并不爱的男人，也许后来你竟越来越恨他。你生下孩子，他却嘲讽似的离开了沙镇，跑去了江南。你年纪越来越大，眼睛看不见了，记性也越来越不好……

可你始终相信那一夜，沙上飞成功逃脱了。他抢了官兵的马，也许竟一路跑到了临津渡口，便一路坐船回到了江南，在那个长莲藕和菱角的地方，和那个姑娘拜堂成亲，之后儿孙满堂。也许他还记得那个西域女子，也许他已经忘了。

但你相信他一定还保存着那把弯刀。

奶奶，我一定会回江南找他的。

两个人的手一直握在一起，她的脸上满是笑容。

外面风声越来越盛，砰地吹开了窗户。风呼呼地直叫，而罗一真真地听见，挂在外面门楣上的马铃铛清脆地响个不停。

念婆婆直到死的时候都紧紧把那堆稿纸攥在手里，怎么都分不开。罗一觉得便如此，也是无妨的了。念婆婆生前笃信佛教，于是便举行了火葬。直到葬礼的时候，罗一才知道她是这个镇上最后一个信佛的人了。火点起来的时候，念婆婆手中的稿纸纷纷飞起成灰，继而又像归巢的鸟儿一样落回柴堆。而此时罗一发现，老吴早已经哭成了泪人。

罗一斟酌再三，决定把奶奶的骨灰和马厩里的那匹马都带回江南。那匹马据说是念婆婆幼时那匹白马的重孙子，比罗一还小一辈。罗一把门楣上的铃铛解下来，挂在马的脖子上，这样一路回去，铃铛响过的地方，有心人一定能听到。

告别的时候，罗一上了马，往回望，突然觉得这里已经没有什么好留恋的了。

罗一按原路返回，与上次相比，显得轻车熟路多了。顺流而下的他，一路来到了扬州地界，却见瓜洲渡口竟是面目全非，口岸房屋一片破败，人也寥落了许多。这几个月中究竟发生了什么？罗一寻人打听，这才知道，这千年的瓜洲渡口因长江中新涨了北新洲，导致了扬州这一岸水线不断北移，江岸开始不断坍塌。六月里，因连降暴雨，长江水位迅猛上涨，水势滔滔，瓜洲全城最终全部坍入江中。昔日的繁华街市，连同众多的名园佳景，一同付诸江流。

罗一在长江岸边走了半天，终于见到了几只不小的货舟，说上几句话来，才知船夫原来竟是同乡。这一来一回里，他们终于同意载罗一和他的马上船。

“这匹马不错啊，不像本地小马那般矮小，这马体面。”

“这是关外带回来的。”

“你这是从关外哪里回来的啊？”

“沙镇，也叫阔坦，你听过吗？”

“这还真没听过，第一次听你说，算长见识了。”

船夫笑着说完，便去开船了。马儿站在船舱上，望着四面的水，兴许竟有些害怕，猛哈了两口气，摇头晃脑起来。而它项上的铃铛发出的清脆的响声，随着滔滔的长江水，一路东去。

1995年的红玫瑰与白玫瑰

那咔嗒咔嗒的电车轨道声一节一节地往前进，把时间抛在后头。叶珊珊斜靠在叮叮车二层的窗边，初春干干净净的凉意透过半开的玻璃渗过来，而斜斜的日光照在翻开的书页上，每个字都显得光滑。早班车上还未熄尽的顶灯摇摇曳曳，黄黄照着清早旅客的倦容，恍惚中珊珊仿佛坐在一条出海的小船上，荡在维港的南岸，而香港都慢了，真有了老照片里那种气定神闲。珊珊只觉得说不出地安心，好像每个早晨都有一个亲切的陌生朋友陪你坐着，在这条小船上，在喧嚣的两岸间摆渡。

“珊珊，你怎么还在看那本《红玫瑰与白玫瑰》，还没看完吗？”东行线上坐满了一起去上学的同学，他们颇有点明知故问。

“早看完啦，可张爱玲的书嘛，在手上翻翻也好。而且我只剩下这本短篇集了，其他的都被我妈锁柜子里了。”珊珊有点不好意思地说。

“那你要当心别让你妈妈看见啊……”“依我看，还是不看的好，最近密斯陈管得真紧啊……”女同学们客套地赔个关心，珊珊也不放在心上。

自从去年迷上了张爱玲，珊珊接连得罪了妈妈和班主任。

在家蒙被子里打手电看，上课时放在课桌里看，这惹恼大人还在其次，主要她素来是班上的好学生，老师们都拿准她将来会考是要考港大的，然而这一年来，珊珊的成绩真是称得上“每况愈下”。妈妈一气之下收缴了她的张爱玲系列，还让密斯陈配合工作。无奈之下，珊珊才开始暗地里执行起她的“黄雀计划”。

珊珊到了学校，几乎没心没肺地上完了课，其间老师在讲数学公式的时候请她起来回答问题，她被问得心惊肉跳，幸亏同桌小声提醒，才勉强答上来。看着密斯陈紧紧皱着的眉头与写着不满的表情，珊珊紧张得要命，忙把桌肚里的书藏得更深了，然而脑子里还是白月光照着饭粘子，散发着家的气味，于是回家的路上又是看了一路。虽则如此，心里总还是有些凄惶。早上听说，王伯伯要搬走了，于是那个可以帮她藏匿张爱玲的小信箱也要易主了。能问谁帮忙呢？似乎扳着指头也数不出个一二三，实在没有个算得上知己的了。说起来，张爱玲倒还算她的知己了，也许她老人家肯多写点女校风物，就是更大的知己了。

反正都是苍凉，珊珊趴在叮叮车窗上望着外面的天空这样想着。雨季还未到，天色如同蘸多了水的毛笔，水渍晕了大半。电车外的风景且行且住地后退，珊珊知道从坚尼地城总站到毕打街站路程永是不变的，一路的时间似乎也被精确刻度过，而那咔嗒咔嗒声似乎旧式挂钟一样提醒着，总得想个办法。

珊珊往下望着，眼见就要过了一个月台，月台上的白水泥石顶棚似乎触手可及一般，她便顺手拾了片落得着急的叶子，拿手里看。

那叶子依然根茎饱满，似被疾风吹落，还留着早春的气味。珊珊捻起来对着太阳来看，那叶脉如手心的掌纹，在那白光中充盈了整个叶面，好像活人的手掌，记录了整个夏天。珊珊看了颇有些心动，想起自己的小侄女刚出生，自己牵着她的小手的感觉，觉得她竟是个从天而降、不能言语的知己，竟比旁人亲密、值得信任许多。她继而望出窗外，在薄薄的雾中，头顶的高楼恰似起伏的远山淡影，洒下灰灰的神采，珊珊觉得，大概只有这一路的叮叮车道才是她的栖身之所了。她呆呆地看着一程一程的水泥站台往身后跑去，突然想到了一个办法。

叶珊珊从这一天起就严格执行起她的小计划，每天从坚尼地城总站上车坐二层看书，到离学校最近的毕打街下车后，就过马路走到对面西行线车站，把书扔到这一站的水泥顶棚边沿上，然后就去安心上课了。晚上落堂的时候她直接坐西行线回家，一上车从窗口把书拿上，就可以回程看上一路。到站下车后她依然把书偷偷扔在对面东行线的车站顶棚上，第二天早上照取。同车的路人起初觉得奇怪，见久了便也习惯，是那种你可以理解的、属于冷淡的见怪不怪。

珊珊复有了一种瞒着父母偷偷恋爱的感受，就好像知道每天早晨上学的时候，会有个同班的男仔心照不宣地走同条路上学，起初一前一后竟隔了半条街，继而散漫地接近，就像火车平交道上长途夜车的交错，然后心照不宣地道一声，早安，你也去上课啊？如果能忍住不笑的话，也许还会加上一句，晚上我们也许可以一起落堂哪。

珊珊本来在学校的朋友就寥寥无几，以为是好朋友的几个女孩不过都当她是普通朋友而已，加上她性格沉闷内向，直到现在也只有张爱玲这个话题能比较提得起兴趣。旧年底关锦鹏拍了《红玫瑰白玫瑰》之后，大家似乎还真心关心了一阵张爱玲，不过太阳照常升起，不多久复谈的还是张国荣木村拓哉。珊珊愈加沉浸在自己略有冒险的刺激中，便觉得其他都好没有意思，这些人事八卦张爱玲早写尽了，不欲再谈。仿佛她与张爱玲的世界中间相隔的这些人事纷纷因为碍眼而绝无必要起来，又或者珊珊眼力渐深，视之如透明了。于是，她便觉得学校只是两程叮叮车之间的一个站台，而张爱玲就是这两岸之间的摆渡人。珊珊多希望这世界是个汪洋大海，然而总还是不能如愿的。

珊珊在这两岸中流连，时间成为虚拟的预设，只在天色中轮转，不觉便已经是春深时刻了。这天早上上学，珊珊起晚了，兴冲冲地往山下跑，准备赶叮叮，急着坐车的她背上的黑皮书包都没扣好，一路上书哐堂哐堂在包里翻腾。路上几个认识的同学都笑她：“珊珊，你是要跑去内地啊！”珊珊也不理。

珊珊兴冲冲地上了车后，赶忙倚在窗边张望，就好像闭着眼睛等待男友亲吻时的忐忑欢喜。可吉席街的站头就要过去了，顶棚上面还是空空如也。就像每一个被人放鸽子的姑娘看着表开始怀疑是否自己记错了时间那样，珊珊一阵迷眩。

难道是自己放错了车站？珊珊又往前坐了一站，还是没有，她赶忙下车，往坚尼地城总站的方向跑去，心头的荫翳似乎都要从云端压下来。头两个站的顶棚她都站在街边的台阶上踮着脚仰头望过，却望不见什么。珊珊依然不死心，跑到街边麦当劳的二楼贴在玻璃上往下望，然而等呼在玻璃上的水汽渐渐散去，那水泥顶棚上却还是空空如也。珊珊非常沮丧地走去坚尼地城总站的乘务员小亭碰碰运气，看看是否有失物招领或者打扫到顶棚的物品。白白胖胖的乘务员头伸出窗口笑说，那里是没人打扫的，要么雨季雨水冲一冲，最大的可能还是被人拿走了。

珊珊仿佛被击中了一般，香港这么大，竟然找不出一本书。那个乘务员提醒她以后别在顶棚放东西的话语犹在耳边，但后来她是怎样回到学校就迟到，被老师训了一顿，一天没心思的事她都记不清楚了。珊珊约略是失恋了，同学们都这么说，“她最近老是精神恍惚的，会不会是和隔壁学校的那个？”“不是不是吧，我记得她之前有个邻居……”“你们别乱说，搞不好……”

珊珊第二天上车的时候，怀着一种几乎绝望的心情望了车站那白刷刷的顶棚一眼，唉，还是空空如也。人常常有自虐倾向，明明知道现实的结果会令人失望，还是会去确证一下。

有人说接受现实这件事是可以学会的，但珊珊可能一时还没学好，她只是觉得悲痛，就像挠不着的痒处一样在后背上蔓延，使人手足无措。

然而说实在话，当第二天早上珊珊坐车去学校看到自己的那本书出现在车站顶棚上的时候，是惊讶大过喜悦，好像一个自己努力奋斗但不做期待的未来，突然出现在面前。于是她赶忙翻来看。她发现书并没有损坏，不过在一些圈点勾画处多了些字，诸如“我也喜欢”“这句真是好”，而扉页后也夹了张便笺。

“真是过意不去拿了你的书回去看。前天上白班，又看到顶上那本书，实在一直很爱《红玫瑰与白玫瑰》，之前上夜班都曾在坚尼地城站见到，原以为是被人随手丢掉的旧书，这回便忍不住拿了回去看，看了才知道是本十分被珍爱的书。昨天我一看到书里的内容，我便想我得把书还给你，不能夺人所爱。不过有次上中班，曾见到这书出现在毕打街，你是否是个在中环上学的学生？只在路上翻看？这书我真是很喜欢，有个小小的请求，不知道可否同你合看？白天的时候你看，晚上的时候给我看？”文字背后加了个笑脸，署名是Z。

自己的书失而复得，除了劫后余生的庆幸，珊珊感叹冥冥中自己平凡的生活里竟然这样一无所知地知道了一个人，一个也爱张爱玲的人、爱这本书的人。珊珊自然是留下了便笺，毫不犹豫地答应了她。珊珊好像看到另一个珊珊，作息时间和她完全相反的珊珊，两个人加起来就是一个不用上课和不用睡觉的人，可以一直看张爱玲的完整的人。珊珊甚至觉得那一位多看一点也等于自己多看了一点，由衷地高兴。

珊珊有生以来最欢乐的时候比雨季来得更早，两人每天在《红玫瑰与白玫瑰》上留言聊天，圈点勾画，互相品评。

她不好意思问对方名字，只是大略知道Z是个上夜班的姐姐，上工放工前后就爱看书。二人有时也引用一些张爱玲其他书里的话，或者互相交流一下有关当年的八卦逸事，甚或竟索引一下。每天早上都有新的惊喜和新的想法，对于珊珊来说都是好新鲜的体验，自己原先读张爱玲本是一池水，虽平静却无波澜，如今添了个不知姓名的知己朋友，顿觉别有天地、柳暗花明。她们从朱砂痣聊到港大的礼堂，从桂花糕聊到上海的电车，从振保到柳原，从曼桢到小寒。之后甚至聊开自己的生活，互相倾诉抱怨，说说山上的湿气、人间的八卦，或者说说香港愈加高涨的租金，都是极让人安心感激的事。有些话，见了越熟的人越是说不出的，陌生的未知反而有种坚固的可信与安全感。二人互成了各自的树洞与神父，而张爱玲似乎就成了联系二人的宗教了。珊珊有时靠在车窗边边看边写，觉得似乎自己在和张爱玲聊天，而张爱玲似乎比想象的要更温和有趣了。张爱玲也许在几十年前的上海也会这样边坐着电车边写东西，摇摇晃晃，耳边是烟丝燃烧的声音以及市井地道的上海话。她不是说听不见电车声就睡不着觉吗？现在的珊珊恐怕也是这样。

有时，她会想象Z究竟是个怎样的人呢，Z或许是个商科出身的女孩子，披肩发，穿制服，白流苏的眉毛，孟烟鹂的眼睛。她平时在金融业里奔忙满嘴跑英文，间或有空说几句粤语也是极粗俗的脏话。在极端快速的工作节奏之下，她或许在省钱坐叮叮车读张爱玲的时候才能感到一些休息。她或许也多少读过几本张小娴、几本亦舒，但终归只觉得能读出些别人的故事，隔得很。她吃烧味便当的时候会看小说吗？她迷上张爱玲会不会是因为《封锁》？珊珊倒是猜不出了。Z 日日看着张爱玲小说时，也许 Walkman 里的还是罗大佑的《皇后大道东》吧……珊珊漫天漫世界地这样想，似乎 Z 的形象渐渐明显，但又渐渐模糊起来。总之，她总觉得哪里有点不对，Z 大概不是这样的吧。

Z 曾和珊珊说，很羡慕还是学生的她，每日规律地生活，也有着自己的目标，每天都做着实实在在的事，不像自己，每天像个没头苍蝇一样，不知在忙些什么，又要往何处去。珊珊却答道，她才羡慕 Z 呢，可以自己赚钱养活自己，可以选择自己的生活方式安排自己的时间，不会有大人来管束，还可以选择自己的圈子来交朋友。

珊珊写着写着，就在脑中想象自己把头发放下来，穿上职业干练的职场套装，踏上高跟鞋，走在中环的天桥上，置四围的钢铁森林于不顾，像个冷静而骄傲的猎人那样踏入这成人的游戏之中。

Z 在留言里只是画了一个笑脸当作了回应。

一日，Z 和她讲，自己过段时间可能要调岗去远方。虽是长长对话中淡淡一句带过，珊珊还是伤感了很久，预感到这段日子也许即将结束，心绪沮丧，但还是在每日的留言里故作淡定，依然如故地天南地北地聊。书上的空白处早聊完了，于是在里面添了一张又一张纸，密密麻麻写满字。好像写满了字，心里就没有那么空落落了。

然而雨季来的第一天，珊珊真的大意了。珊珊照例把书留在了毕打街车站顶棚上，下午就瓢泼大雨下起来，珊珊像坐在火盆上一样着急煎熬，可是评讲试卷万难脱身。外面的雨倾泻在窗玻璃上，发出硬硬干干的声响，显得暴躁，而外面水也一半天也一半的世界，好像一张模糊的脸。落堂后，珊珊拖着雨伞跑过去，仿佛要和坡道上翻涌流淌的雨水赛跑一样，然而也大略只是徒劳，反而周身湿了大半。大雨滂沱，仿佛本地港产片里大力水枪制造的巨大水幕，雨水恣肆得不真实，而白白如雾的水汽也罩了满天。珊珊心里非常愧疚，书这样没了，更关键的是也许她和 Z 就这样永远不能联系上了。珊珊站在雨中，虽然没有像本港言情片中失恋的女主角那样浑身湿透狼狈不堪地淋雨，但也真是恍然如失了。珊珊不知道会不会害 Z 担心进而胡思乱想，自己这样把书搞丢了也真是很对不起这位朋友，而且 Z 似乎真的很快就要走了。会不会是 Z 拿走了书想留个纪念？珊珊不愿意这样想。

连续下了一个多星期的雨，珊珊的心情一天比一天沉重。不知道 Z 到底走了没有，可是就算没走也很难找到这个人了。珊珊不甘心，决定尽自己所能。于是她写了一封好长好长的信，希望放在车站顶棚上 Z 终能看到。在这封信里，她写了好多自己的事和往日的所思所感，是在那本《红玫瑰与白玫瑰》上都不会写的。她说出自己的希望，希望能和 Z 成为现实里的朋友，希望她们可以成为更好的朋友。珊珊觉得自己经过了这一段时间，似乎比以前开朗也坚定了，她非常渴望有一个真正的好朋友，这一点她心里非常清楚。

这一天是第一天停雨，珊珊一早就拿着信和塑料袋准备上车，塑料袋是专门准备垫在信下面的，以防顶棚上还是很湿。珊珊坐在窗口往外望时就愣住了。她看到了一本新的《红玫瑰与白玫瑰》放在透明文件夹中，摆在以前的那个位置。她急忙抓过来翻，她在那本旧书中圈点勾画的地方一个都没有少，旁边的那些批注交流也被工工整整地抄齐了。甚至，书中夹着的那些纸张，字也被重新抄过一遍了。字迹干净，可以看出眷抄的时候人的心境。

里面多了一张青色的手札，写道：

前日夜班回家昏昏沉沉的，也未顾天气，便把书照例摆在那顶棚上，上午的时候突然被打在玻璃上的大雨吵醒，我才想起书还在顶棚上，马上坐车跑到中环这边，上了叮叮车把书取来的时候，书已经淋得几乎快稀烂了，夹着的纸张飘散了一街，有的甚至飞到了对面的店铺，我找了半天，只凑齐了一部分，还有一部分真是找不到了。回到家可能是淋了雨，就发高烧了，躺了一个星期。书虽架在阳台上阴干，但大概是很不容易辨认了，我自己觉得很对不住，就重买了一本。因为赶着要换工作，所以直到今早才整理完。虽然不是很完善，但这本书我已经尽我所能，也算是行前给你的一个纪念了。今天我就坐飞机走了，不知我们还有没有机会见面。不过，真的谢谢你。

珊珊抬头看了下天，似乎并没有飞机飞过，只有清朗的、望不到尽头的晴空。她想Z大概已经飞走了吧。

珊珊收好了书，放在自己的柜子顶上，和自己说，会考之后再拿下来读吧。她照常上课听讲，温书习诵，每天早上赶叮叮车上学，夜晚回家饮妈妈煲的汤。同学们也并不多问张爱玲的事了，他们不上心地不过问，也恰如彼时他们不上心地过问一样。于是好像这一切都没有发生过，她没有迷上张爱玲，也未曾认识那个叫Z的朋友，她们曾经来过的位置空空落落的。

那已经是1995年初夏的事，同一年的9月9日，也就是农历中秋节，张爱玲被发现在她加州的寓所内故去，过身时无人在侧，已历一周。

珊珊后来知道这件事的时候，1995年也所剩无几了。她心想，这一年添了两个朋友，又接连失去，恐怕今后的年岁再不能与此相同了。张爱玲去世的那间出租屋和Z在香港的出租屋，或许已经住进了新人，他们会逐渐抹去前任住客留下的痕迹，快乐地生活下去。珊珊不知道自己是不是能快乐地生活下去，她单知道那躺在抽屉里的《红玫瑰与白玫瑰》，是她们三个人的纪念碑，立在这旷野之中。

后记

如何成为一名优秀的空气吉他手

我与乐器大概是无缘的了。小时候音乐课学竖笛，连《欢乐颂》都吹不好。年前在香港有段较为倒霉的时日，幸得好友收留，在他北角的家中蹭住。那时候，诸事自然是不顺的，心情当然亦很坏，这位本不愿意透露姓名的好友李骏，在考 CFA 之余，便教我弹吉他。其情义自是款款，然而心不在焉的我，自始至终都只会弹半首《祝你生日快乐》。

但有一种吉他，我倒是弹得很好的，学名叫作空气吉他。所谓弹空气吉他，意思就是弹空气。相信每一个少年人都有过这样的经验：头戴耳机，把音乐调到最大，摇头晃脑，假装手中有一把无形的吉他，十指乱动，胡乱地弹拨，好像自己真的会弹吉他一样。这种自我陶醉、自恋又好笑的行动，大概伴随着摇滚乐的发展，而在乐迷中比比皆是。如今世界空气吉他大赛每年都会举办，参赛者伴着激昂的音乐"群魔乱舞"，像嗑了药（或者真的嗑了）那样弹奏空气。

弹奏空气吉他并非外国人的专利，两千多年前，我国也有一位天赋异禀之人，叫作南郭先生，做了"滥竽充数"的主角，他在假装自己很会吹奏这一点上，千秋垂范。我遂想起早先网上流行一种说法叫“两千万人在北京假装生活”，意有微讽。然而我是不以为耻地承认，自己正是在假装生活的。我们目所能视的生活，总有些不堪与无趣，一同在合奏的大旋律，重章复沓，绵绵无止。而我连《祝你生日快乐》都弹不好，在此做“盛世哀音”自是力所不逮，只能乖乖地不发出声响，半真半假随着众人在这大旋律中摇摆，但在内里，却总有别一样的心境，与别一样的旋律。

年岁渐增，便发现人群中亦多我辈“滥竽充数”之人，这知音因无音而相知，自然很是有趣。更为有意思的是，这旋律竟然越来越响，将这世界包裹得更加紧实，不知是架设了高音喇叭的缘故，还是这旋律其实已经刻在我脑中了。

这本书中的九篇小说，都是2012年来香港之后陆续完成的。在这段独自生活的时光里，随着学会了粤语，我多了不少与本地市民接触的机缘，亦常有人和我说起各种猛鬼出没的地方与离奇的人物。他们用言语与虚构的方式，补足了我本地生活经验的不足。在高强度的硕士论文和博士论文写作间隙，有些小故事便在脑中慢慢成形，反倒成了不可多得的疗愈。而我因虚构造就的图景，我亦愿意以虚构的方式呈现出来。所谓弹空气吉他，与写小说一样，都是一种虚构现实的方式。这亦算是我对香港表达感激的一种方式。

感谢我在香港大学的导师杨玉峰教授慷慨赐序，杨老师的学术研究精严，文学鉴赏别有洞见，自是不必说了，他对于香港的文学后辈也总是提携照顾，此次得他宽容批评，实在是不虞之幸。

我也感谢我家人对我的一贯支持，尤其是我的母亲，自小陪我读书，鼓励我的创作。她本人是个语言与叙述的天才，能把一件小事娓娓道来，说得悬念迭起，穿插一些常州方言中我闻所未闻的俚语歇后语，便能“螺蛳壳里做道场”，我想这大概也是短篇小说的真义吧。

我也要感谢我的第一读者李芊芊，除了意见与评价，她给我更多的是鼓励。芊芊同我一样，也是一位空气吉他手，希望技艺纯熟时，咱俩可以合奏一曲《笑傲江湖》。

感谢中信出版社的厚意与支持。同时，也感激文学界同侪的指点批评。没有你们，就没有这本书的面世。

文学凋零的年代，书籍大卖大概是不容易的，不过还是希望这本书能比周氏兄弟的初版《域外小说集》卖得好一些。因此特别希望像我这样（平时在书店拿起书看完序言后记就放下了）的读者，能够改变一下习惯。

古书上曾说“大乐必易”“大音希声”，我想大乐大音我是决计学不来的，因此取《空气吉他》这样的书名，其实主要还是一种玩笑，因为小说集中并没有同名之篇目，习惯性去找的读者只能扑个空了。但我弹奏这把空气吉他，除了开玩笑式的自娱之外，也希望用其无声的旋律与这可笑的姿态，领大家看一看我脑中那有形世界的色彩。

邵栋

2020 年 2 月 26 日于忠孝街